IN ABSENTIA

"Domaine français"

DU MÊME AUTEUR

SAUVER MOZART (prix Emmanuel Roblès 2013, prix de l'ENS Cachan 2013), Actes Sud, 2012 ; Babel n° 1207

LA CONFRÉRIE DES CHASSEURS DE LIVRES, Actes Sud, 2013 ; Babel n° 1317

DIDEROT : "NON À L'IGNORANCE", Actes Sud Junior, 2015

LES OBUS JOUAIENT À PIGEON VOLE (prix Coup de cœur des lecteurs des Rendez-vous de l'histoire de Blois 2016 ; prix du Salon du livre de Chaumont 2016), éditions Bruno Doucey, 2016 ; Babel n° 1510

ÉVACUATION (prix Amerigo Vespucci 2017), Actes Sud, 2017 ; Babel n°1804

LA ROSE DE SARAGOSSE, Actes Sud, 2018 ; Babel n° 1629

BIBLIODYSSÉES. CINQUANTE HISTOIRES DE LIVRES SAUVÉS, ouvrage collectif avec Kamel Daoud, Joseph Belletante, Béatrice Moglia, Imprimerie Nationale, 2019

DES SEX PISTOLS À L'INTIFADA. CONFIDENCES D'UN OFFICIER ISRAÉLIEN DU RENSEIGNEMENT, Balland, 2021

IMPRESSIONS, ouvrage collectif avec Olivier Deloignon, Pacal Ory, Jean-Marc Providence, photographies : Stéphane Couturier, François Deladerrière, Actes Sud, 2021

L'extrait de *Kaddish* d'Allen Ginsberg
est traduit de l'anglais par Jacques Darras,
in *Arpentage de la poésie contemporaine*,
éditions Trois Cailloux/Maison de la culture
d'Amiens éditeur, 1987.

ISBN 978-2-330-16436-2

RAPHAËL JERUSALMY

In Absentia

roman

ACTES SUD

Plus rien à dire, plus rien sur quoi
pleurer, que des Êtres dans un Rêve,
dans la prison de leur disparition,

ALLEN GINSBERG,
Kaddish, New York, 1961

L'autre rive

Galerie d'art

74 ter Rue de Seine

Paris 6e

Tél : DANTON 70 82

Certificat

Étude pour une descente de croix. Aquarelle sur papier de Nathalie Gontcharova.
Signée en bas à gauche (non datée), avec envoi autographe de l'artiste à Paul Bernstein.
28 × 39 cm, sous-verre.
Légères rousseurs.
Provenance : collection Paul Bernstein.
Authentifiée par nos soins.

Fait à Paris 6e, le 18 octobre 1955

— À quel nom dois-je établir la facture ?
— Delmain, s'il vous plaît. Pierre Delmain.

Tu gardes les yeux fixés sur ses bottes noires. Elles sentent bon le cuir. Tu prononces les chiffres de ton matricule, un à un, en allemand. La bise venue des collines te glace la nuque. Surtout, ne pas lever la tête. Une main apparaît. Une main aux doigts épais dont l'un pointe vers toi. C'est sa main. D'une blancheur un peu rose qui tranche sur le foncé des bottes, le brun de la terre damée, la grisaille de l'aube. Tu bombes le torse, mais pas trop. Tu l'entends dire quelque chose d'un ton ferme. Ce n'est pas à toi qu'il s'adresse. Acquiesçant d'un mugissement, un kapo vient t'asséner un coup de gourdin. Tu t'étonnes qu'il reste assez de vie en toi pour l'encaisser sans tomber à terre. Tes jambes flageolent. Tu es pris d'un léger vertige. Si le kapo frappe à nouveau, tu t'écrouleras. Tu t'agrippes à ta douleur. Elle te porte. La main pâle s'abaisse. Les bottes se retirent. Lorsque tu oses enfin te redresser, la lumière des projecteurs t'aveugle. Tu la bois de toute ton âme.

C'est au tour d'un autre d'être examiné. Puis d'un autre. Qui n'est pas jugé apte au travail est exécuté d'une balle. La voix gutturale du sergent éructe des ordres, des injures. Tu ne l'écoutes pas. Ni les aboiements des chiens. Prêtant l'oreille au vent, au cri lointain d'un oiseau. Au frémissement de ton souffle. Un premier rayon de soleil perce la brume. Peut-être fera-t-il moins froid aujourd'hui ? Tu te souviens d'un jour de printemps… La voix se fait distante. Sourde. Effrayé, tu cesses de la fuir. Il ne faut surtout pas rêvasser. D'un gueulement, le sergent ordonne de rompre les rangs. Une colonne se forme, tournée vers l'est d'où s'élève une lumière dorée qui auréole les collines. Comment peut-il faire si beau ? Tu franchis le portail du camp, marchant avec les autres en procession, vers la lumière éclatante de gloire.

Les arbres te regardent. À mi-chemin de la carrière, il y en a un dont le tronc est tout écorché. Chaque fois que tu passes devant, tu éprouves un sentiment de victoire. Surtout le soir, au retour. Le voici. Tu t'en approches. Tu distingues les gerçures de l'écorce, désormais familières. Tu lui envies sa sève. Il l'exsude en fines coulées qui donnent soif. Tu voudrais t'étendre à ses pieds, t'assoupir à l'ombre de son feuillage. Tu trébuches ! Tu vas tomber. Une main se plaque contre ton dos, te pousse en avant. Tu dépasses l'arbre.

Là, au tournant qui donne sur la vallée, des détenus se mettent parfois à courir avant d'être rattrapés par les gardes ou, en bas, par la milice. Aujourd'hui, personne ne tente sa chance. Des coups de pics résonnent de plus en plus fort. Les Russes et les Polonais sont déjà au labeur. Tu les entends gémir, haleter. Le sergent hurle. Les kapos brandissent leurs bâtons. C'est au tour des *NN Franzosen* de descendre dans l'enfer de granit.

Dès que tu empoignes le manche de la pioche, ton esprit se vide. Tu vas puiser ce qu'il te reste de forces jusque dans les abîmes de ton corps, les replis les plus ténus de tes muscles. Tu donnes un premier coup. Le cognement sur la roche t'envoie une décharge qui te convulse les membres. Les ampoules que tu as aux mains crèvent aussitôt. Des éclats de pierre t'éraflent la peau. Tu cognes à nouveau, repoussant la mort. Refusant la main qu'elle te tend.

Tu suces un caillou.

C'est vers midi, lorsque le soleil sera au-dessus de toi, que les tiraillements de la faim se feront les plus atroces. Chaque jour qui passe, le courage de les endurer s'amenuise. Ce matin, pourtant, quelque chose dans la douceur de l'air, la limpidité du ciel, en rend les affres moins ignobles. Quelque chose dans le murmure de la brise, telle une annonce.

*

À quelques mètres de toi, une silhouette vacille. Tu la devines plus que tu ne la vois. Élancée, encore svelte, c'est celle de Raymond. Tu en es sûr. Il n'a rien à quoi s'agripper. Il ne lui reste que le ciel. Il lève les yeux, s'abreuve d'azur, inspire la lumière puis tombe à genoux, les yeux toujours braqués vers le firmament, au premier coup que le kapo lui décoche. Au deuxième, Raymond roule à terre, se recroqueville, se protège le visage. Tu continues de piocher. Le bâton s'élève et s'abat sans relâche. Tu entends le craquement d'os qui se brisent. Et le kapo qui ahane. Un soldat approche. Il ordonne au kapo de dégager et te désigne une brouette. Tu la pousses jusqu'à Raymond, t'accroupis près de lui, l'enlaces, lorsqu'un coup de feu retentit.

Kapos et détenus se figent. Les sentinelles se mettent au garde-à-vous. Couverts de la poussière des gravats, tous semblent pétrifiés dans la pierre. Les flancs entaillés de la carrière ajoutent à cette impression de bas-relief. De scène sculptée. Tu es au centre, étreignant le corps livide, émacié de Raymond, dont la tête est penchée en arrière.

Du haut d'une butte, à contrejour, le *Lagerkommandant* pointe son Mauser en l'air. Il menace et admoneste. Tu ne comprends rien à ce qu'il beugle en allemand. Dès qu'il rengaine son arme, les hurlements des kapos reprennent. Et les frappements du métal sur la roche. Tu déposes le corps pantelant de Raymond en travers de la brouette, vas ramasser ta pioche, la lèves le plus haut que tu peux. Avant de l'abattre, tu lances un dernier regard vers les collines.

*

Au retour, tu salues l'arbre dont les écorchures suintent la sève. Les brancards de la brouette te scient la peau. Un garde marche à tes côtés. Tu ne lui feras pas le plaisir de t'effondrer. Déjà, le portail du camp se profile. Et les barbelés qui tailladent le ciel. Tandis que les grands projecteurs s'allument un à un, clic-clac, clic-clac, dans la lumière qui décline, les premiers arrivés s'alignent devant les baraquements pour l'appel du soir.

Avant que tu puisses rejoindre les rangs, le garde te fait dévier d'un coup de crosse dans le dos. Vous vous dirigez vers la "clinique". Sur le perron, un jeune homme en blouse blanche, sans arme ni bâton, te fait signe de le suivre. Tu arrimes Raymond à tes épaules, grimpes le perron, traverses un couloir, dévales des marches de pierre jusqu'à une crypte qu'éclairent deux ampoules nues. Il y fait très froid. Tu déposes Raymond sur un établi carrelé. Le jeune homme ressort, te laissant planté là. Pour te réchauffer, tu te mets à te battre les flancs avec la vigueur d'un moine qui se flagelle.

Le jeune homme revient au bout de quelques minutes, accompagné d'un homme vêtu lui aussi d'une blouse blanche, plus âgé, plus robuste, aux yeux d'un bleu intense, étrangement fixes, qui ne semblent pas te voir.

— Ce sujet est encore en vie, *Herr Doktor*, dit le jeune homme.

Tu ne t'en étais pas rendu compte.

— Trop faible, trop amoché, dit le médecin.

Et il se tourne vers toi, toujours sans te voir.

— Achève-le.

Et le jeune homme d'ajouter :

— Obéis. Un quignon et une portion de gras…

Tu te penches au-dessus de l'établi et broies la gorge de Raymond entre tes mains.

— Dissection ? interroge le jeune homme.

— Non, tout jeter. Sauf la boîte crânienne si elle est intacte, ordonne le médecin et il pose sur toi ses yeux de glace.

Il écarte tes paupières de ses doigts fins, braque une petite torche électrique sur tes pupilles, t'ouvre la bouche, t'examine la langue.

— Il nous faut un abatteur. Celui-là fera l'affaire.

Tu remontes les marches de pierre à la suite du jeune homme. Il te confie au responsable de l'infirmerie, un homme au visage étroit, les yeux grossis par de petites lunettes rondes à verre épais, et qui porte tout comme toi une vareuse de toile rayée.

— Je suis le docteur René Goossens, dit-il en français, avec un fort accent belge.

— Pierre, euh… Pierre Delmain.

Cela fait si longtemps que tu n'as plus dit ton nom.

— Comme l'écrivain ? demande Goossens.

Tu acquiesces du menton.

— Attendez ici, dit Goossens.

Tu parcours la salle du regard, ses murs qui s'effritent en lambeaux de plâtre, ses lucarnes condamnées par des planches, ses dizaines de grabats aux draps sales sur lesquels sont étendus des "sujets" dont tu entends les sourdes lamentations.

Le docteur Goossens revient. Il te tend un morceau de pain et une timbale d'eau tiède.

— J'ai lu l'un de vos romans, il me semble. Le titre m'échappe…

Comme tu ne lui en suggères aucun, il n'insiste pas.

— Vous dormirez là, dit-il. Les lits, c'est pour les patients.

Tu te couches à même le sol, tout contre le poêle brûlant.

— Venez, il est l'heure d'aller à vêpres.

— Pardon ?

— De prendre l'apéritif. C'est un rite auquel je me tiens avec une rigueur toute monacale.

Le piano-bar du Belles Rives est encore désert.

— Choisissez la table, ma chère.

— Ici, près de la fenêtre qui donne sur la mer.

— Oui, la vue sur les îles de Lérins est splendide. Et à droite, on aperçoit un petit bout de cap d'Antibes. Champagne ! Et un grand !

— Vraiment ?

— Une naturalisation, ça se fête ! Quel effet cela vous fait-il ?

— Aucun, ce n'est qu'une formalité.

Un garçon apporte un seau à glaces. Le maître d'hôtel vient déboucher le magnum en personne.

— Ajoutez des verres, nous attendons du monde.

— Bien, monsieur.

— Je ne sais comment vous remercier, monsieur Bernstein.

— Paul, appelez-moi Paul, dit Saül. J'ai simplement fait appel à des relations. Ça facilite la procédure. Tchin-tchin !

La femme lève sa coupe sans paraître la tenir. Elle la vide d'un trait. Va-t-elle la jeter en arrière ? Elle est russe, après tout.

— Je vous ai apporté un petit quelque chose, dit-elle, tirant une enveloppe en kraft de son sac à main.

Elle la tend à Bernstein qui, se retenant de lâcher un bête "il ne fallait pas", la saisit sans mot dire. Il y trouve une feuille de papier d'Arches d'un grain fin, légèrement jaunie par le temps. Il ne discerne tout d'abord que des traits noirs cernant des aires aux teintes profondes qui filtrent la lumière du soleil à la façon d'un vitrail. Il en savoure le chatoiement, la cadence, avant de retourner la feuille pour découvrir le recto.

— C'est une étude que j'ai faite il y a des années, en Russie. Elle est inspirée d'une descente de croix par James Ensor, intitulée *La tranquille et sereine*.

La composition que Bernstein contemple est dense, plutôt obscure, comme sur une icône. Alors que les couleurs, crues, simples, sont celles d'une matriochka. Malgré cela, il se dégage de l'ensemble une légèreté aérienne. Et cette sérénité tranquille dont parle Ensor. La pâleur diaphane du cadavre de Jésus, par contraste avec le reste, le rend presque immatériel. Ce n'est pas un corps.

— Lanskoy m'a dit que vous appréciez particulièrement ma période d'avant-guerre.

Oui, le rayonnisme des débuts, aux touches futuristes. Pas la première manière qui lui précède et que Bernstein trouve, chez Nathalie Gontcharova, profondément barbante.

— J'aime tout ce que vous faites, ma chère.

Bernstein remplit la coupe de son invitée. Il est franchement déçu. Pourquoi, diable, lui offre-t-elle une descente de croix ?

— Le sacré dans l'art m'a toujours intrigué, dit-il. Je me demande lequel, du beau ou du saint, crée vraiment l'émotion. Lequel exploite l'autre...

— Là où vous voyez une rivalité, je décèle une connivence, déclare Nathalie.

Bernstein se contente de sourire.

— Et un merveilleux raccourci vers le sublime, ajoute-t-elle en lui décochant un clin d'œil.

Le couchant vient déposer une teinte cuivrée sur ses pommettes. Bernstein la trouve mieux que belle.

— Dès le début des combats, en 14, j'ai publié à Moscou un recueil d'*Images mystiques de la guerre*. Sur l'une d'elles, je fais voleter des angelots de-ci de-là parmi les avions et les bombes.

Bernstein continue de se taire. On ne lui ôtera pas de l'idée que prendre la guerre pour thème, c'est céder à la facilité. Le *Guernica* de Picasso, qu'il a vu exposé l'année dernière, puise toute sa force de la chose même qu'il condamne...

— Bonsoir madame, bonsoir monsieur.

Le pianiste fait son entrée, va s'asseoir, pose une partition sur le pupitre, se met à tapoter du Count Basie. Possiblement *Blue and Sentimental*.

— Regardez ses chaussures, Nathalie. Impeccables !

Gontcharova se penche en avant. Des richelieus de cuir noir et blanc, luisantes de vernis, battent le tempo sur les pédales du piano.

— Elles ont au moins quinze ans de service à leur actif. Ce sont celles de Scott Fitzgerald. Il les lui a offertes. Zelda et Scott adoraient cet endroit. Quand tout allait bien…

Un nuage violet passe au-dessus de la baie, poussé par le mistral. Gontcharova suit les ondulations de son reflet sur les vaguelettes. Encore des couleurs impossibles, se dit-elle. Et des jeux de lumière inconstants, fébriles, que seuls des tons très purs, à peine dilués, et des hachures précipitées, des mouvements discontinus du pinceau pourraient rendre. Un geste du bras lui échappe, tel un coup de baguette de chef d'orchestre. Bernstein fait mine de n'avoir rien vu. Il sait qu'elle est en train de peindre.

Le pianiste exécute un nouveau morceau. C'est l'air d'une chanson interprétée par les Andrews Sisters qui fait fureur aux États-Unis et commence à prendre en Europe. Même en Allemagne, bien qu'elle soit tirée d'une comédie musicale en yiddish. Bernstein ignore le discret salut du menton que lui adresse le pianiste, "entre coreligionnaires". Mais le refrain lui trotte follement dans la tête, *"Bei mir bist Du shein, Bei mir bist Du shein"*…

*

Un jeune homme en tenue de tennisman, éclatante de blanc, s'approche de la table. Il se penche vers Saül Bernstein, lui dépose un baiser sur la joue. Gontcharova ne peut s'empêcher d'admirer la ligne athlétique, les membres sveltes, les yeux clairs, les boucles d'or frisées. Elle sait que Bernstein aime les garçons. Celui-ci est superbe.

— Je vous présente mon ami…

— … Francesco, madame. Enchanté, dit le jeune homme dont l'accent italien trop appuyé et la délicatesse exagérée du baisemain manquent de faire pouffer de rire Nathalie.

— Nathalie, charmée, murmure-t-elle, retirant sa main avec une lenteur galante.

Bernstein est de moins en moins à l'aise. Cette femme l'intimide. La musique yiddish l'agace. Le champagne manque de vigueur. Il gagnerait à être coupé de mescaline.

— Ah, voici Michel, s'exclame Nathalie.

C'est Larionov, son compagnon de toujours. Bernstein le reconnaît vaguement. Il a dû le croiser par le passé. À La Coupole, sans doute. Ou chez Wildenstein, lors d'un vernissage.

— Enchanté, monsieur Bernstein.

— Appelez-moi Paul.

Le pianiste tousse, marque une pause, puis enchaîne sur le *Fleur bleue* de Charles Trenet.

Des hommes en blouse blanche tiennent conciliabule devant l'un des lits. Ils examinent un "sujet" à qui ils ont inoculé la lèpre. Tu l'entends qui suffoque, incapable de répondre aux questions qu'ils lui posent. Étendu sur le dos, il fixe une ampoule électrique qui pend du plafond, juste au-dessus. Il tend vers elle un bras décharné puis le laisse retomber.

Tu te tiens prêt, te massant les poignets, faisant craquer les jointures de tes doigts. Pour celui-là, ça ira vite. Tu sais désormais comment achever quelqu'un rapidement et sans douleur. *Herr Doktor* Hirt, lorsqu'il est dans les parages, chronomètre ta performance. Tu t'exerces, tu t'appliques. La nuit, tu t'entraînes sur du linge sale, de vieilles couvertures, pour t'habituer à serrer fort mais sans rudesse, à ne surtout pas relâcher l'étreinte, à soutenir le regard de celui que tu assassines. À lui offrir ton visage.

Ce n'est pas facile de lui rendre la mort moins atroce. Même quand, comme beaucoup ici, il l'accueille avec soulagement et que tu distingues une lueur de reconnaissance dans ses yeux. Il faut qu'il puisse sentir ton chagrin, ta propre douleur en communion avec la sienne, dans le tremblement de tes mains. Il faut qu'il puisse lire quelque chose sur ta bouche, sur la pâleur livide de ta face. De la compassion, une prière, du remords. C'est lui qui décide. Alors tu remues les lèvres comme si tu lui parlais. Mais ce qui compte le plus, c'est ton regard, la lueur que tu y fais briller. Fraternelle et sans haine.

Tu es le dernier homme qu'il verra.

Ceux qui refusent d'accomplir la mission dont tu es investi, quitte à être exécutés sur-le-champ, sont des lâches. Pire, des égoïstes plus préoccupés de sauver leur propre âme que de porter secours à celle de leur prochain. Ils se prennent pour des anges. En quoi sont-ils moins coupables que celui qui, du fait de leur refus, fait le sale boulot à leur place ? Celui qui prend sur lui la faute plutôt que d'abandonner son frère aux caprices d'un SS ou d'un kapo. Celui qui fait l'offre de ses mains pour ne pas laisser avilir l'autre par une balle tirée dans la nuque ou une injection de poison dans les veines. Celui qui préserve le souvenir des défunts, se remémore à jamais leur dernier cri, leur regard effaré. Comment pourrait-il les oublier ? Sa mémoire est leur seule stèle.

Les hommes en blouse blanche quittent le chevet du malade. L'un d'eux interpelle le docteur

Goossens qui, de loin, te désigne le lit dont la feuille de diagramme vient d'être arrachée. Surmontant ton dégoût, tu frictionnes le lépreux pour qu'il prenne conscience de ta présence. Tu laisses tes mains remonter lentement jusqu'à sa gorge. Tes yeux se posent sur les siens avec une douceur qui le surprend. Tu lui murmures des paroles indistinctes qu'il cherche à saisir. Les forces lui manquent, il perd son souffle. Tu touches la mort. Tes doigts la connaissent bien maintenant. Il se fige. Tu relâches ton étreinte, effleures sa joue d'une ultime caresse, lui rabats les paupières.

Aujourd'hui, tu accompliras onze fois ce rituel. Le rythme des expériences s'est accéléré. Et celui des dissections. Il faut de plus en plus de dépouilles, pour la recherche. Tu prends le lépreux dans tes bras, il ne pèse pas lourd, et vas le déposer dans le local qui sert de salle d'anatomie. Tu l'étends sur la table d'opération. Tu reviendras plus tard pour veiller son corps dépiauté jusqu'à ce qu'il soit emmené à l'incinérateur. Tu iras ensuite te tenir sur le porche de l'infirmerie, la tête légèrement relevée, afin de humer le parfum rance qu'exhaleront ses cendres lorsqu'elles monteront en volutes noires vers le ciel.

*

Le docteur Goossens t'a convié "à dîner" dans son petit bureau. Il te gratifie d'une portion de gras. Onze morts aujourd'hui, cela fait pas mal de rab à partager. Les malades qui peuvent mâcher ont reçu leur part du butin. Ils l'avalent avec la même voracité que des convives à un repas d'obsèques. Le docteur te conseille de déglutir lentement, pour faire durer.

— Von Haagen laisse tomber la lèpre pour s'attaquer au typhus, annonce-t-il de but en blanc.

Tu ne réagis pas.

— Et puis, il y a Hirt…

Goossens lève les yeux vers toi.

— Plus "spécialisé".

Tu comprends qu'il s'agit du nouveau médecin SS. Celui à qui il faut toujours plus de cadavres. Et dont le regard est aussi effilé que ses scalpels.

— C'est un collectionneur, ajoute Goossens.

Tu as remarqué que certains corps ne sont pas envoyés au four crématoire mais plongés dans un épais liquide et transportés hors du camp.

— Il ne s'entend pas avec Von Haagen qui lui esquinte les malades. La plupart sont trop ravagés pour servir de spécimens. Ils ont les organes atrophiés, les tissus et les muscles desséchés.

Tu te demandes si Hirt a des visées sur toi qui es bien moins efflanqué que les autres. Est-ce à cela que songe aussi Goossens ? Il te toise avec insistance.

— Comment faites-vous ? murmure-t-il.

— Pour tenir le coup ?

— Oui.

— Je m'absente.

Les serveurs virevoltent parmi les tables, le plateau levé à bout de bras, évoluant comme des danseurs. La symphonie des verres et des couverts, des discussions et des rires, règle leur chorégraphie. Tout est ici bruit et gaieté. Bernstein se tient à sa table habituelle, contre le pilier que Latapie a barbouillé de couleurs vives. Oublieux du tintamarre, il lit le journal. Les nouvelles sont inquiétantes, on parle même d'une guerre.

— Encore une coupe, René. Et tu me mettras une demi-douzaine de fines de claire.

— Ça roule, monsieur Paul !

René emporte le journal que Bernstein a refermé et lui tend.

Un couple apparaît, marchant d'un pas gracieux, oscillant comme un mirage dans la fumée des cigares. L'homme tapote le bord de son chapeau, saluant les uns et les autres avec une courtoisie quelque peu réservée. Il paraît timide. Pas sa femme, qui prodigue œillades et sourires à qui en veut. Bernstein lève sa coupe, de loin, leur souhaitant bonsoir. Ils acquiescent poliment. L'ont-ils reconnu ? René dépose les huîtres, la coupe de champagne et repart en coup de vent. Bernstein dîne seul. Francesco le rejoindra en fin de soirée. S'il peut se libérer, a-t-il dit.

*

Les Delaunay prennent place. Leurs amis leur versent à boire.

— Qui est-ce ? demande Sonia à Robert, pointant Bernstein du menton.

— Saül Bernstein, le collectionneur.

— Ah, oui, je vois.

Autant qu'elle s'en souvienne, il n'a jamais acheté quoique ce soit d'elle. Ni de Robert.

— Il a un penchant pour les peintres russes, clame une jeune femme dont Sonia a oublié le nom.

— J'ai toutes mes chances, alors, ricane-t-elle, prenant une posture slave.

— Il a aidé Nathalie et Michel à obtenir leur naturalisation, ajoute la jeune femme.

— Combien chevaleresque de sa part…

— Et combien ironique quand on sait qu'il n'a jamais postulé la sienne.

— D'où vient-il ?

La jeune femme hausse les épaules.

— De Roumanie, je dirais, propose Robert. Il parle le français avec le même accent que Tzara, les mêmes inflexions douces, presque suaves.

Sonia se tourne vers son mari, étonnée.

— Je ne savais pas que tu le connaissais…

— Tzara me l'a présenté ici même, il y a de cela quelques mois. Ils buvaient un pot ensemble.

— Et ?

— Et rien… Je ne suis pas resté longtemps. J'ai senti que j'avais interrompu leur conversation. À mon avis, Tzara lui demandait de l'argent.

La tablée part d'un éclat de rire. Robert fait signe à l'un des garçons qu'il veut passer commande. Sonia jette un dernier regard en direction de Bernstein. Ce type a l'air d'un enfant triste.

*

— René, l'addition !

— Tout de suite, monsieur Paul.

Francesco ne viendra pas.

Tu regardes tes frères de pénitence, rasés et tonsurés comme tu l'es, vêtus du même habit de toile rêche. Purifiés par le jeûne et la mortification, ils vivent désormais hors du monde et pratiquent la plus stricte abstinence. La nuque courbée en signe de contrition, grelottants, ils écoutent tonner la voix de celui qui, chaque matin avant l'aube, les exhorte à l'observance. Les kapos circulent entre les rangs. Tu baisses vite les yeux. Ton regard se pose sur la pièce d'étoffe que tu portes cousue à hauteur du cœur : un triangle rouge, pointe en bas, qui est l'écu de ton ordre. La voix exaltée hurle une dernière injonction, puis les colonnes de détenus s'ébranlent vers l'est où le soleil s'arque en une coupole d'or par-dessus les coteaux.

Une ombre, venue de derrière, se profile à tes pieds. C'est celle du docteur Goossens.

— Allons, allons. Il ne faut pas traîner. Hirt est déjà à l'intérieur, dit-il sur un ton pressant.

Tu étais ailleurs. Ce qui aurait pu te coûter une volée de coups de bâton. Ou même une balle dans la tête. Mais tu les crains de moins en moins, les maîtres du camp, avec leurs pistolets et leurs gourdins.

C'est de toi que tu as peur.

*

Le *Sturmbannführer* Hirt gifle le docteur Goossens.

— Vous êtes en retard !

Goossens chancelle, se reprend, ne dit rien.

— Suivez-moi !

Laissant les deux hommes descendre dans la crypte où sont entreposés les cadavres, tu entames ta tournée du matin, distribuant un peu d'eau, de pain rassis, évacuant les excréments, les salissures, épongeant le sol. Tu évites de regarder les malades. La plupart savent qui tu es. Tu ignores leurs gémissements, incapable que tu es de les réconforter. D'ailleurs, ce n'est pas à toi qu'ils s'adressent, mais au ciel et à ceux qu'ils ont aimés. En revanche, tu réponds à ceux qui t'appellent, qui veulent te dire quelque chose. Un architecte berlinois s'est entretenu avec toi de Weimar, du Bauhaus, de ses collègues partis à temps pour l'Amérique. Un partisan communiste t'a décrit l'opération de sabotage lors de laquelle il s'est fait prendre. Et puis il y a eu ce moine qui t'a comparé aux hospitaliers qui soignaient pèlerins et croisés en Terre sainte. Un cistercien sur lequel Hirt s'acharnait tant il était coriace et qui subissait les pires atrocités comme autant de mises à l'épreuve de sa foi. Ce cistercien t'a parlé de Bernard de Clairvaux, maître spirituel de sa congrégation, et conté comment celui-ci avait lancé la croisade pour aller sauver le tombeau du Christ, il y a huit cents ans de cela. L'expédition, partie de Metz, était passée non loin d'ici. Le moine y voyait là un signe. D'après lui, le seul camp de concentration opérant sur le sol français n'avait pas été érigé ici, entre Struthof et Natzweiler, par hasard. "Mais du fait de la volonté divine", avait-il éructé dans un râle, te prenant la main, la serrant avec insistance. Lui ôtant la peau de jour en jour, Hirt en fit un écorché qu'il exhiba, encore en vie, à ses collègues de la faculté de Strasbourg. Toi qui ne croyais pas du tout en Dieu, tu te surpris à Le maudire. Et, en pleine nuit, tu achevas le moine sans que nul ne t'en ait donné l'ordre.

Durant la traversée de la forêt, plusieurs chevaliers du Temple détalent en avant, allant rejoindre les éclaireurs et les guides. À chaque clairière, à chaque tournant, un guetteur leur signale si la voie est libre. Les chevaliers n'en demeurent pas moins aux aguets, scrutant les sous-bois avec méfiance. Ils craignent une embuscade, bien sûr. Mais ce qu'ils redoutent le plus, ce sont les démons qui somnolent dans les troncs creux et à l'ombre des fougères.

À l'arrière, le gros de la troupe se resserre en une colonne ininterrompue, sans traînards. Et un étrange silence se fait. Rires et cris s'éteignent, tant parmi les princes que les muletiers. Les ménestrels se taisent. Les catins se signent. Des prêtres brandissent leurs croix vers la futaie, marmonnant tout bas des conjurations. Les chevaux et les chiens se calment, apaisés par cette soudaine tranquillité des hommes. L'étroitesse de la route force le convoi à marcher en bon ordre. Les sergents d'armes n'ont plus besoin de hurler, ni les charretiers de fouetter. L'expédition prend alors une allure presque digne.

Mais dès que la lisière apparaît, c'est la débandade. Des femmes montées en selle éperonnent leurs destriers, dépassant l'avant-garde, galopant à travers champs. Leurs voiles blancs se déploient au vent, en une écume claire qui fait moutonner les blés. Elles atteignent les bords du Main d'où l'on aperçoit, au loin, les clochers de Mayence. Laissant leurs montures s'abreuver à la rivière, elles s'en vont déambuler le long de la berge, bientôt rejointes par leurs suivantes et leurs pages. Certaines se baignent. Les chariots transportant leurs effets tardant à venir, elles s'étendent toutes trempées au soleil, leurs seins pointés vers le ciel. Au grand dam des moines et des soldats.

Il faut plusieurs heures pour que se reforment enfin les rangs. Cette fois, ce sont le roi Louis et son épouse qui en prennent la tête. Aux abords de la ville, des messagers de l'armée germanique viennent à leur rencontre. Ils désignent un endroit pour le campement, offrent d'escorter les dignitaires jusque dans la ville où les attendent les logements réquisitionnés à leur intention, annoncent que Konrad von Hohenstaufen est retenu par les derniers préparatifs, plus au sud, dans la vallée du Danube. C'est de là qu'il se joindra à la sainte croisade.

À la tombée du soir, des dizaines de feux s'allument. Chants et musiques résonnent de toutes parts, que ce soient ceux des religieux, ceux des saltimbanques, des trouvères, des régiments. Sonneries de cor, battements de tambour et le martèlement de milliers de bottes sur le pavé des ruelles font un vacarme assourdissant. Dans les auberges et les lupanars, beuveries et coucheries vont bon train. À la forteresse, un joueur de viole fait danser dames et chevaliers dont les noms te font rêver : Aliénor d'Aquitaine, Sybille d'Anjou, Faidiva de Toulouse, Baudouin, Théodoric. Tu t'endors en les murmurant.

— Désolé, monsieur Bernstein. Je ne suis vraiment pas intéressé.

— C'est un Gontcharova, tout de même…

— Oui, oui. Mais le sujet…

— Le Christ n'est donc plus à la mode ?

— Si, mais crucifié.

Bernstein n'est pas d'accord là-dessus. Ce corps étendu à terre, décloué, détrôné, crée une émotion plus intense que n'importe quelle crucifixion. Il s'en refuse la symétrie, la représentation à la verticale, vers le ciel, l'expression de douleur, la crispation du visage et des membres. Il s'en délivre. Il y a là quelque chose de presque blasphématoire. Un geste qui dérange, à escient. Gontcharova ne va pas assez loin, cependant, songe Bernstein. Son Jésus, même livide, même décharné, est auréolé de couleurs trop vives qui lui refusent la mort. Sur cette étude, elle ne laisse pas le Christ mourir. Elle n'arrive pas à le tuer.

— Allons, faites-moi une offre, dit Bernstein.

*

Bernstein ressort, soulagé. Débarrassé de cette maudite aquarelle. Il rejoint la rue des Saints-Pères qu'il suit jusqu'à la Seine. Le temps est radieux, alors il traîne, arpentant le quai Malaquais dont il connaît chaque lampadaire, chaque arbre, chaque fissure dans le dallage du trottoir. Face au pont des Arts, il retrouve le pavage gris qui mène à la bibliothèque Mazarine et à l'Institut. Chaque fois qu'il passe devant, il s'imagine les milliers de volumes qui y sommeillent sur les étagères. Et, tout près, les académiciens assoupis sur leurs bancs. Le silence paisible dans lequel baignent ici hommes et livres le rassérène un peu.

De retour chez lui, il ôte sa veste, va ouvrir en grand les fenêtres du salon qu'ombrage la cime des platanes. Il ne regarde pas le courrier, ni ne parcourt le journal qui ne parle plus que de lignes Maginot ou Siegfried et d'une "drôle de guerre", rasante et fade. Il allume un cigare, se verse un cognac, s'assied parmi ses collections. Aujourd'hui, c'est le Picabia qu'il contemplera. La transparence de deux portraits, l'un imbriqué dans l'autre, composée pour *Le Peseur d'âmes* de Maurois. Deux visages d'hommes dont les bouches, sans que ce soit un baiser, se confondent pour n'en faire qu'une. Bernstein a le livre. Il l'a fait relier par Paul Bonet. Picabia et Maurois le lui ont dédicacé. Il croise souvent Maurois, sur le Pont neuf ou le long des quais, depuis que celui-ci est entré à l'Académie française. C'est le maréchal Pétain qui l'y a aidé, soutenant résolument sa candidature, avant de partir pour Madrid comme ambassadeur.

Bernstein doit une bonne partie de sa fortune à la famille de Maurois, les Herzog, issus d'une longue lignée de drapiers judéo-alsaciens. Ses autres investissements, dans l'industrie de la mode et des textiles, lui ont rapporté gros durant les années folles. Maintenant, c'est la peinture. Il a pressenti très tôt que les surréalistes deviendraient incontournables. Il aime leur travail. Mais surtout leur façon de le promouvoir, agressive, culottée, qui émoustille le bourgeois. Ce sont de bons commerçants. Pour ne pas dire des grigous. Plus encore que les rupins qui leur achètent de "l'automatisme". Si le Christ de Gontcharova est difficilement vendable, c'est qu'il est trop chaste, trop intègre. Il appartient à un autre temps. Celui, barbare et brutal, des primitifs et des graveurs sur bois.

Dans la nuit, des femmes juives sont violées et leurs enfants écartelés. L'archevêque de Mayence s'en offusque. Le lendemain, il refuse de dire la messe. Ravis, chevaliers et gentes dames en profitent pour faire la grasse matinée. Tu les entends râler et ronfler. Tu sens l'odeur âcre de leur vomi, de leur sueur. Et celle, suave, des restes de leur ripaille, pintade rôtie, bouillon de viande, galettes aux herbes, qui te triture les entrailles. Tu n'as pas été de la fête. Ou plutôt, tu n'as pas voulu y prendre part, te mêler aux ébats de ces fantômes, à leur danse macabre. Épuisé, tu t'es endormi après complies. Bien que tu couches à même le sol, et eux dans des lits à baldaquins brodés de fils d'or et de soie, tu dors d'un sommeil plus profond que le leur.

Tu ne sais si tu dois les bannir de tes rêves ou bien aller les y rejoindre. Qu'ils soient des chimères ne te dérange pas le moins du monde. Les personnages de tes romans sont pour toi aussi réels que les connaissances qui t'entourent, les gens que tu croises. “Très vivants”, comme l’a écrit un critique. Tu les laisses se composer autour de quelques mots que tu as jetés sur la page, puis évoluer, devenir, n’intervenant que si nécessaire, les tuant parfois pour les besoins de l’intrigue. Ou parce qu’ils n’ont pas tenu leur promesse. Dans l’ensemble, toutefois, tu les épargnes. Comme tu vas probablement le faire pour ces personnages de la deuxième croisade avec qui tu hésites encore à te lier. Et que tu connais mal, en dehors de lieux communs qui ne t’en donnent qu’une image grossière, faite de bribes des cours d’histoire de ton enfance, de vieilles légendes.

*

Lorsque tu te réveilles, il fait clair. Le docteur Goossens n’est pas là. Pas plus que les médecins SS. Et, dehors, le camp est désert. Tu n’aperçois qu’une sentinelle en haut d’un mirador et, plus loin, deux camions bâchés, garés sur la route. Leurs moteurs tournent, ronronnant dans le silence et le froid. Tu vas entamer la corvée de brossage du plancher. Le martèlement de bottes sur les marches du perron t’en retient. Un soldat pousse la porte de la clinique, hurle, te bastonne les reins. Tu avances, guidé par les coups qu’il te donne, jusqu’à ce que vous franchissiez tous deux les grilles du grand portail. Vous passez devant les camions, atteignant un bâtiment en dur que tu as vu construire aux abords des sous-bois. Un petit édifice rectangulaire, plutôt bas, avec un toit de tuiles rouges. Von Haagen et Hirt se tiennent devant l'épaisse porte en fer qui y donne accès. Ils sont en uniforme, pas en blouse blanche. Goossens n'est pas avec eux. Le garde te plaque le canon de son fusil en travers de la poitrine pour que tu t'arrêtes de marcher. Des soldats entrouvrent les bâches de l'un des camions. Un visage apparaît entre les pans de toile verte, tel celui d'un comédien écartant le rideau de scène avant le début du spectacle. Tu en trouves les traits gracieux, la peau fine. C'est un visage de femme.

Elles sont quinze à descendre tant bien que mal, à tituber jusqu'à la porte de fer, à disparaître à l'intérieur du bâtiment. Quelques minutes plus tard, leurs corps sont déposés sur l'herbe. L'une d'elles gigote encore. Tu t'agenouilles à ses côtés. Hirt consulte sa montre, note quelque chose sur un calepin, se tourne vers Von Haagen avec un sourire. Les soldats évitent de regarder en direction des cadavres. Le garde qui t'a amené a allumé une cigarette. Tu te penches au-dessus de la femme. Personne ne te voit lui pétrir le thorax, la secouer, la pincer. Ses yeux s'ouvrent l'espace d'un instant. Ils sont d'un bleu profond. Dès qu'elle tousse, tout le monde se retourne. Tu poses tes mains sur sa gorge et commences à serrer. Hirt s'approche, te regarde la tuer puis tourne les talons, comme vexé. Il ordonne d'augmenter la dose de gaz pour “le prochain chargement”. C’est ce que tu voulais. La deuxième tentative prend moins d’une minute. Aucune n’y survit. Tu déposes près des autres le corps maintenant sans vie de la femme aux yeux si bleus, au teint si pâle. Tu lui donnes un nom que tu lui chuchotes tout bas à l’oreille afin que personne d’autre ne l’entende.

*

À la tombée du jour, le docteur Goossens est pendu avec trois autres condamnés sur les gibets qui font face à l’esplanade des appels. Il a été pris la main dans le sac alors qu’il forçait l’armoire aux poisons dont seuls les médecins SS ont la clef. Il voulait en finir. Ou tuer Hirt.

Tu ressens soudain une terrible solitude.

Affalé sur le divan placé en vis-à-vis de la grande litho de Picabia pour *Le Peseur d'âmes*, Bernstein avale une gorgée de mescaline, un verre d'eau, et termine de fumer son cigare, tranquillement, en attendant que la drogue agisse. Une lumière douce, très parisienne, qui filtre à travers le feuillage des platanes, vient caresser le bois des meubles, vernir les tableaux d'une clarté qui en égaie les tons, cirer le parquet d'une brillance ambrée. Bernstein en sent la chaleur discrète sur ses joues. Les deux visages imbriqués du Picabia, en face, se fondent l'un dans l'autre en des coulées de bleu clair et de vert. Bernstein a l'impression que le sien, dégoulinant de sueur, se liquéfie de même. Ses pieds tapotent le sol de petits coups nerveux. Ses jambes sont agitées de secousses qu'il ne parvient pas à maîtriser. Il ne s'en alarme pas. Il sait que la panique va bientôt passer, qu'elle va céder place à l'extase. Et à l'oubli de soi.

Aujourd'hui, cela met un peu plus de temps à se produire. À cause de Francesco dont le visage s'immisce dans la transparence du Picabia et y trace des rivières, jusqu'à ce que ses traits se dissolvent dans le flot des couleurs. Bernstein, qui s'agrippe aux coussins du sofa pour ne pas être entraîné avec lui, ne tente pas de le secourir. Et il laisse les deux autres visages se noyer dans les abysses de sa conscience. Délivré de leurs physionomies oppressantes, il sent la sienne se reconstituer, s'agglomérant autour des mâchoires en un rictus cruel dont il étire les coins pour obtenir ce qu'il considère être un sourire de tueur. Ne vient-il pas d'occire Francesco ? "Ou plutôt de le liquider", se dit-il en ricanant.

Francesco était reparti en Italie dès que la France et l'Angleterre avaient déclaré la guerre à l'Allemagne. Il n'avait pas voulu rester "coincé ici". Bernstein avait eu beau lui expliquer qu'il s'agissait là d'un bluff, que nul ne voulait d'un conflit, que tout le monde, au fond, se fichait du sort de la Pologne, rien à faire. Francesco lui avait alors montré les lettres de ses parents et de sa sœur l'implorant de rentrer au pays et de rejoindre les chemises noires de Mussolini.

— Ils ne savent donc pas que…

— … je sors avec un Juif ? avait complété Francesco en pouffant de rire.

Bernstein n'avait pas trouvé ça drôle. Francesco lui avait demandé de l'excuser. Et non, ses parents ne savaient pas qu'il aimait les hommes. S'il le fallait, pour le leur cacher, il s'engagerait dans les chemises noires. Bernstein s'était pris à imaginer de quoi Francesco aurait l'air le cheveu coupé ras, vêtu d'un uniforme à pantalon bouffant, chaussé de lourdes bottes de cuir. Et à se voir nu, jeté enchaîné à ses pieds. Ayant tous deux convenus de se quitter sans faire l'amour "une dernière fois", ils s'étaient séparés sur un simple baiser.

Bernstein pense vraiment que la guerre n'éclatera pas. Hitler est un guignol. Maurois, qu'il a croisé récemment, est beaucoup moins optimiste. Il envisage le pire, c'est un écrivain.

*

La béatitude arrive enfin, hissant Bernstein vers les sphères, le propulsant vers des mondes inconnus, l'invitant à danser avec l'idée de Dieu. Il évolue dans les airs, volant presque, à la manière de Nijinski dans le *Prélude à l'après-midi d'un faune*. Sauf que cette légèreté, il l'éprouve hors de lui-même, au sein de l'éther, alors que Nijinski meut chacun de ses membres, les arque, les plie, les tend vers le ciel, tout en martelant le sol de ses pieds de chèvre. Sans se soustraire à ce qu'il est. Bernstein, qui perçoit brusquement cette terrible distinction, s'en veut de toujours chercher à s'absenter de lui-même. De se dérober à sa judéité, à son matérialisme, à sa banalité. De fuir son propre corps, avec lequel il ne renoue que lorsqu'il est empoigné, pétri, pénétré. Entrelacé dans celui d'un autre. Il n'a, dans sa collection, aucun nu qui se tienne seul, tel le *David* de Michel-Ange, splendide et froid. Enfermé dans sa beauté. Même le Christ de Gontcharova, dans les bras de Joseph d'Arimathie, était animé de plus d'ardeur, avivé par cette étreinte toute physique, cet embrassement de l'autre.

Bernstein songe de plus en plus souvent à cette aquarelle qu'il n'aime toujours pas, qu'il trouve maladroite. Bien qu'il soit parvenu à s'en défaire, elle le tarabuste, le poursuit. Elle s'est incrustée en lui. Il ne cherche cependant pas à la chasser de son esprit, conscient qu'il ne s'en débarrassera que lorsqu'il aura répondu à la question muette qu'elle lui pose. Il ne se souvient d'aucune œuvre d'art qui l'ait interpellé d'une façon si impérative, ni ait établi avec lui un rapport aussi intime. Il a le sentiment qu'il la porte en lui depuis toujours, non pas comme une image déjà vue, mais comme un oracle : "L'Annonce faite à Bernstein".

Vers minuit, il s'extirpe du sofa et va fermer les fenêtres. En allant se coucher, il attrape un volume parmi ceux qui traînent sur sa table de travail. Un roman qui vient de paraître, intitulé *La Nausée*. Il en parcourt quelques pages, distraitement, puis referme le livre, éteint la lampe. Avant qu'il ne sombre dans le sommeil, ses yeux errent un moment le long des rais de lune qui traversent les persiennes.

Le tintamarre des chalumeaux et des tambourins, des flûtes et des cornemuses, couvre le silence venu du désert qui effraie tant hommes et bêtes. Il règne une atmosphère de foire. Chevreaux et lièvres rôtissent en broche. Des galettes au thym cuisent sur la braise. Baladins et gitanes dansent et se tortillent dans le rougeoiement des flammes. Bien que les étoiles brillent ici d'un éclat plus vif qu'ailleurs, la fumée qui s'élève des feux de camp voile les constellations qu'elles dessinent au firmament.

Des valets d'armes sont assis en cercle autour d'un conteur qui leur décrit avec minutie les sentiers du mont Carmel, les rives du lac de Galilée, le caveau du Saint-Sépulcre, bien qu'il n'y ait jamais mis les pieds. Il parle en vers, chantant presque, s'accompagnant d'accords de luth. Comme il vient du nord, probablement des Flandres, la plupart de son auditoire comprend la langue dans laquelle il glorifie la guerre contre l'infidèle, tandis que les autres membres du public se laissent bercer par rimes et refrains, discernant ici et là des noms de villes ou de saints qui les font rêver. Un énorme gaillard se retourne et te toise. Il arbore une barbe épaisse, mal tenue, qui dissimule mal ses joues et la grappe de furoncles qui s'y cramponne. D'un geste du bras dont l'élégance t'étonne, il t'invite à t'asseoir à côté de lui. La place est libre. Il semble que nul n'ait tenu à se trouver si proche d'un tel mastodonte. Tu acceptes pour ne pas le vexer. Mais aussi parce que le sourire édenté qu'il t'adresse rayonne d'une candeur enfantine qui te va droit au cœur.

Personne ne t'a plus souri depuis des mois.

*

Le conteur étend la main vers les astres, rappelant comment ils guidèrent les rois mages. Il en désigne un, au sud-est, qui clignote comme un phare, prétendant qu'il suffit de le suivre pour atteindre la Terre sainte. Tous lèvent la tête, ébahis, sauf le colosse.

— Il ment autant qu'un prêcheur, murmure-t-il.

Tu te tournes vers lui, attentif.

— Dans cette direction, tu ne trouveras que des Turcs et le désert.

Il se redresse. Ses yeux rencontrent brièvement les tiens.

— De nous tous ici présents, rare sont ceux qui verront Jérusalem.

Tu sais qu'il dit vrai.

— Et plus rare encore ceux dont les âmes iront au paradis.

La tienne est promise à la géhenne, cela ne fait aucun doute. Et lui qui te parle en prophète, n'est-il pas damné comme tous les soldats et les gueux parmi lesquels tu vis désormais ?

— Mais avant cela, je tenterai d'en sauver le plus que je peux, déclare-t-il comme s'il avait entendu ta question.

Il soupire puis ajoute :

— À commencer par la mienne.

Ses yeux se posent à nouveau sur toi. Tu n'y lis ni commisération ni indulgence. Pas non plus de verdict. Mais une sorte de fascination qui te met mal à l'aise. Il te regarde comme si tu étais tombé du ciel.

— Frère, d'où viens-tu donc ? demande-t-il.

— Du fond de l'abîme, songes-tu à lui dire.

Mais tu te tais.

Le géant n'insiste pas. Il tend vers toi un énorme bras puis le retire brusquement, hésitant à te toucher.

— Ni les Turcs, ni le désert n'auront ta peau, chuchote-t-il tout bas. Tu atteindras Jérusalem, graviras le mont des Oliviers, verras le soleil se lever sur la Judée.

— Et toi, parviendras-tu aussi à Jérusalem ?

C'est au tour du colosse de se taire.

Il détache de toi son regard et se tourne vers le feu de camp. Les flammes mourantes lui caressent le visage de leurs reflets dansants. Tu devines qu'il continue de sourire comme un enfant. Tu ignores pourquoi, mais sa présence te réconforte. Alors tu t'allonges, mains croisées sous la tête, pour contempler la nuit. Le conteur, qui a terminé son récit, entonne une cantilène. Tu te laisses bercer par la douceur de sa voix. Tu es moins épuisé qu'à l'habitude. Et tu n'as pas trop faim. Ou plutôt si, tu as terriblement faim. Et tu es exténué. C'est juste que tu endures cela autrement.

Comme de loin.

Bernstein laisse son écharpe de soie lui descendre négligemment des épaules. Jetée ainsi par-dessus le manteau, elle cache un peu l'étoile jaune. Mais pas tout à fait. Il faudrait quelque chose de plus ample, un cache-col en tricot, par exemple. Il en a un très épais, pour l'hiver, qu'il va chercher dans le dressing. Il l'essaie, pour voir, le nouant lâchement en bas du cou. Un petit coin d'étoile dépasse encore. Il défait le nœud, étale les pans de laine, les déploie sur sa poitrine. Cela est d'un moche ! Tout compte fait, le temps n'est pas assez frais pour se couvrir d'une écharpe.

Bernstein se regarde une dernière fois dans la glace. Depuis qu'il porte l'étoile, il a l'impression que son nez s'est épaissi. Et il marche avec moins d'aisance. Ce maudit morceau d'étoffe fait de lui un Juif. Lui, qui n'a même pas le type slave. C'est d'ailleurs pour cela qu'il est resté à Paris après que Maurois en soit parti. Il ne s'est pas senti concerné. À La Coupole, les serveurs ont eu un choc lorsqu'ils ont appris que Monsieur

Paul était "israélite". Ils se sont montrés fort aimables. L'un d'eux a même offert de lui obtenir de faux papiers.

Bernstein sort dans la rue. Par chance, il n'y a pas grand monde dehors. Il accélère le pas, se donnant un air affairé, évitant de croiser les regards des passants. Il longe les quais jusqu'au boulevard Saint-Michel qu'il remontera ensuite pour se rendre au musée de Cluny où il doit rencontrer, dans l'une des salles, la personne indiquée par le serveur de La Coupole. Elle sera vêtue d'un tailleur vert foncé. Il fera une remarque, en passant, ayant trait à l'œuvre d'art devant laquelle elle se tiendra, lui remettra une photo d'identité et de l'argent, puis continuera son chemin.

Apercevant des soldats allemands aux pieds de la fontaine Saint-Michel, Bernstein hésite à traverser, mais l'un d'eux l'interpelle. Bernstein s'arrête net. *"Bitte, bitte !"* Le soldat lui tend un appareil photo, lui montre où se trouve le déclencheur, va rejoindre ses amis à qui il demande de s'asseoir sur la margelle. Bernstein braque l'appareil sur eux. Tous lui sourient. Il appuie. Lorsqu'il vient récupérer son appareil, le soldat fait mine de ne pas voir l'étoile. Il dit "merci" en français et s'en va.

*

À cette heure-ci, un peu avant la fermeture, le musée de Cluny est désert. Bernstein parcourt une galerie après l'autre sans se heurter à âme qui vive, ne croisant que celles, défuntes, qui défilent sur son passage en un flot confus de licornes et de gentes dames, de martyrs, de cavaliers en armure. À la différence des soldats allemands, nul ici ne lui sourit, bien qu'il capte furtivement la moue aimable d'un jeune page tenant deux lévriers en laisse. Et un éclat lumineux apposé d'une touche pâle sur le bombé d'une perle baroque pendue au collier de sa maîtresse, une sorte de baronne, qui caresse indolemment l'un des chiens. Scènes de chasse et de bataille, portraits royaux à la mine austère, prélats tenant calice l'exhortent à venir les rejoindre dans leur ailleurs. Si n'était son rendez-vous, il accepterait volontiers leur invitation. Il ne sait si ce sont le silence, le côté suranné de l'endroit, son architecture de cloître, qui font qu'il se sent ici à l'abri, ou bien la froideur hautaine qui se dégage des tapisseries et des tableaux en une claire réprobation des temps présents, un refus d'y prendre part.

Bernstein franchit rapidement la salle des statues. Il y fait plus frais, à cause de la pierre et des ivoires. Puis, au détour d'un couloir, il tombe sur la collection des vitraux dont les reflets colorés se répandent sur le sol en combinaisons de kaléidoscopes. Une femme est plantée devant l'un d'eux. Elle porte un tailleur vert. Il n'y a personne d'autre dans les parages. Bernstein s'approche. Une notice explicative indique que ce vitrail-ci représente Bernard de Fontaine, abbé de Clairvaux. Né en 1090, mort en 1153. Le moine, son crâne tonsuré, auréolé d'un cercle doré, tient un livre entrouvert d'une main et, de l'autre, une imposante crosse d'abbé. Ses yeux fixent le lointain avec équanimité. Ou est-ce du désenchantement ?

La femme demeure aussi immobile que le personnage qu'elle contemple. Bernstein lui murmure la phrase convenue : "Ne touchez pas aux Juifs, dit saint Bernard, ils sont la chair et les os du Seigneur." La femme ne se retourne pas. L'a-t-elle entendu ? L'ouverture du sac à main qu'elle porte en bandoulière est béante. Bernstein y glisse une enveloppe et se dirige vers la sortie.

Il quitte le musée comme s'il abandonnait un sanctuaire.

*

Bernstein n'a pas vu le visage de la femme qui l'attendait. Seulement celui du moine, glaçant, en transparence du vitrail. Un personnage aussi impérieux a-t-il vraiment condamné le massacre des Juifs en ces termes ? Il n'est pas certain qu'il faille lui en être reconnaissant. Bernstein, qui ne ressent pas grande affinité avec le Seigneur, n'éprouve nullement en être la chair. Et encore moins les os. Il tient à son corps. Et à ce qu'il peut en faire en des accouplements plus terrestres. La chair du Seigneur a connu un bien triste sort, après tout, lacérée à coups de fouet, trouée de toute part par des clous et des épines.

Arrivé à la fontaine Saint-Michel, Bernstein est soulagé de ne pas y trouver de soldats allemands. Leurs faciès hilares, la tête d'enterrement du moine, la nuque de la femme au tailleur vert s'effacent au fur et à mesure qu'il accélère le pas, comme pour les fuir. Seul un visage persiste. Celui du page qui, sur l'un des retables, lui souriait peut-être.

Ainsi que le géant l'avait prédit, la traversée du désert d'Anatolie inflige de lourdes pertes. Mais aussi le typhus et les poux, telle une plaie sur l'Égypte. Bien des hommes s'effondrent le long du chemin. Et les traînards sont abattus. Tu assistes malades et mourants de ton mieux. De nombreux étrangers, venus de Tchéquie, de Pologne et même de Russie, se sont joints aux Allemands et aux Français du début. Tu communiques avec eux par bribes, usant de mots simples, de phrases brèves. Allant à l'essentiel. Seules comptent désormais les choses premières.

De jour en jour, tu découvres de nouveaux moyens de t'exprimer, avec des gestes, des grimaces, des claquements de la langue. La parole t'est de moins en moins nécessaire. Il y a ici tant de souffrances qu'il ne faut pas nommer, de questions à ne jamais poser, d'horreurs à taire. Il y a ce qui ne doit pas être dit. Et tout ce qui ne peut l'être. Pas avec des mots, en tout cas. Et il y a la langue germanique qu'il n'est nul besoin de comprendre. Pas plus que le latin des prêtres. Il suffit d'y acquiescer. *Jawohl, Amen.*

Ce qui te manque terriblement, c'est d'écrire. Ne serait-ce que quelques lignes, tapées à la machine sur ta Hermès Baby, au rythme saccadé, excité, de la frappe des caractères sur le rouleau, cherchant des termes qui marchent, qui sonnent bien, travaillant ta phrase, la malaxant, la moulant, tout en faisant attention à l'orthographe, surtout aux accords des participes dont tu ne parviendras jamais à saisir la règle... Juste quelques lignes jetées sur la feuille blanche, comme un début de quelque chose.

Des feuilles, un crayon, tu sais où en trouver. Ou plutôt en chaparder. Mais c'est risqué. Même pour toi qui es devenu invisible.

Les médecins SS t'ignorent quand tu te tiens devant eux. Aucun d'eux ne t'adresse la parole. Et personne ne t'a plus frappé depuis des jours. Tu as l'impression d'être transparent. Ou de t'être volatilisé. Le fonctionnement de la chambre à gaz donnant entière satisfaction, tu n'es plus sollicité. Tu restes claustré dans la clinique, t'y trouvant constamment, au même titre que les placards et les armoires à pharmacie. Ta présence, noyée dans la foule des malades, fondue dans la masse anonyme de leurs corps, qui, après tout, la remarquerait ? Tu existes de moins en moins.

*

Les “sujets” qui ont encore la force de parler se font de plus en plus rares. Beaucoup délirent. Eux non plus ne sont pas vraiment là. Ils s’adressent à toi comme à une apparition, un revenant de leur passé. Ou parfois un ange. Tu les écoutes quelques instants puis les quittes. Ils ne te retiennent pas, te laissant replonger dans le néant d’où tu viens. Bizarrement, tu te sens plus d’affinité avec les comateux. Ils refusent de vivre, mais aussi de mourir. Comme toi, ils partagent leur temps entre deux mondes. Ils sont encore dans leur corps, sans toutefois en être prisonniers. Les médecins SS ont beau les triturer, les lacérer, ils ne tiquent pas. C’est à leur tour de se conduire comme si ceux qui se tiennent devant eux n’existent pas. Ils le font avec une impassibilité qui tient du dédain.

Le moment venu, ils sont faciles à achever. Ils ne t’offrent aucune résistance. Tu observes longuement leur visage éteint avant d’apposer tes mains sur leur gorge, tentant de déceler où se terre ce qu’il reste de vie en chacun d’eux. Au moment de la mort, leur âme vient virevolter une dernière fois au-dessus d’eux, comme un gros insecte, avant de prendre son envol pour l’éternité. Tu as l’impression que si tu tendais le bras, tu pourrais lui toucher les ailes.

*

Tu t'absentes de plus en plus souvent. Pas seulement en rêve, la nuit, mais aussi durant la journée, comme lorsque tu écrivais des romans. Est-ce pour cela que tu passes inaperçu ? Se pourrait-il que tu disparaisses pour de bon lorsque tu t'en vas rejoindre les gens de la croisade ?

Comme par enchantement.

Paris se vide.

Les Delaunay sont partis en zone libre. Il paraît que Robert est mourant. Ou même décédé. Et que Tzara est entré dans la Résistance. Quant à Maurois, il est quelque part en Angleterre ou au Canada. Et toujours pas de nouvelles de Francesco. Bernstein se désole. Il ne reste guère ici que des gens qui l'ennuient. Dont Nathalie Gontcharova. D'après une revue d'art, elle vient de dessiner une série de costumes de ballet pour Boris Kniasef. Et elle est toujours avec Larionov. Bernstein les soupçonne de travailler en douce pour Lifar qui s'entend à merveille avec l'occupant. Les nazis remplissent les salles de concert. Bernstein, qui n'y met plus les pieds, s'est convaincu qu'il le faisait pour marquer sa désapprobation. Le fait que l'accès lui en soit formellement interdit n'a rien à y voir. Il n'irait pas au spectacle même si cela lui était permis. En fait, il le pourrait car il ne porte plus l'étoile jaune. Depuis deux semaines, il dispose de faux papiers.

Installé à son bureau, il vient d'avaler une bonne dose de jus de peyotl. Le prix de la mescaline a triplé. Les officiers allemands en sont friands, comme de la musique. Le fournisseur de Bernstein leur en vend mais il lui a dit de ne pas s'inquiéter et qu'il y en aurait toujours pour les clients fidèles. Et il lui a proposé une réduction sur l'achat d'une caisse de schnaps provenant tout droit de la kommandantur. Bernstein, dont la cave est bien fournie, remercie le ciel de ne pas être réduit à en boire.

La drogue s'empare lentement de son corps. Il vient de sortir du bain, il sent bon. Une discrète fragrance du benjoin qu'il a vaporisé sur lui embaume l'air. Il est vêtu d'un kimono aux teintes sombres, brodé de papillons et de fleurs nocturnes piquées parmi des joncs de soie mordorée. Ses pieds nus, posés à plat sur le parquet ciré, se délectent de la tiédeur du bois. Tout est douceur. De là où il est assis, il peut contempler la configuration de la pièce dans toute sa perfection. Chaque tableau est à la place qui lui convient, accroché à la hauteur qu'il faut, en stricte harmonie avec les œuvres dont il est entouré. Chaque meuble parcellise l'espace sans l'alourdir, marquant subtilement la démarcation entre les différents styles, les époques. Diverses sources de lumière soulignent jusqu'au moindre détail des peintures sans forcer l'éclairage. Du haut d'un guéridon, un bouquet de fleurs jaillit d'un vase de porcelaine en un jet de couleurs.

Il est arrangé à l'identique d'une gerbe qui se trouve en bas d'une toile de Chagall, accrochée plus à gauche, vers la fenêtre. Et dont les couleurs sont plus vives, plus flamboyantes, que celles des fleurs naturelles dans le vase, trop vraies, trop sages, se tenant figées comme les modèles qui posent pour les artistes.

Bernstein se raidit. Les palpitations commencent. Elles lui martèlent les tempes. Un battement sourd qui vient du couloir leur fait écho comme si les pulsations de son cœur se répercutaient à travers tout l'appartement. Très vite, le cognement se fait plus sec, rompant la cadence. Il résonne sur les parois avec de plus en plus d'insistance. Et de nervosité. Au moment où Bernstein comprend qu'il s'agit de coups cognés à sa porte, celle-ci vole en éclats. Des pas précipités font craquer les lattes du plancher. Des silhouettes qui lui paraissent géantes surgissent du couloir, l'une après l'autre. La plupart se regroupent en un demi-cercle face à lui, toujours assis à sa table de travail, tandis que le reste se rue vers les autres pièces. Un type en imperméable s'approche.

— *Herr* Bernstein ?

Sans attendre de réponse, il fait signe à Bernstein de le suivre. Trouvant la chambre à coucher, il lui pointe du doigt l'armoire à vêtements.

— *Schnell ! Schnell !*

Tandis qu'il s'habille à la hâte, Bernstein entend des hommes parler fort, déplacer des meubles, jeter des objets à terre. L'un d'eux fait irruption dans la chambre, brandissant une fausse pièce d'identité au nom de Paul Bernard. L'homme à l'imperméable la prend en mains, l'examine à la manière d'un marchand d'art vérifiant la facture d'une gravure ou d'un dessin, plisse le menton d'un air de dire "beau travail". Deux miliciens portant béret apparaissent sur le seuil. Bernstein est presque prêt. Il enfile un blazer pris au hasard sur un cintre. Le type à l'imperméable ne lui accorde pas le temps de lacer ses chaussures. Il le gifle, lui hurle ce qui semble une injure, le pousse violemment vers les miliciens qui l'emmènent aussitôt. Bousculé, haletant, encadré de deux énormes gaillards, Bernstein aperçoit, le temps d'un éclair, les meubles du salon renversés, pieds en l'air, portes battantes, tiroirs arrachés. Seul le guéridon n'a pas été bougé, planté là, indifférent au chaos, avec son joli vase de fleurs.

Depuis que tu euthanasies les "sujets" juste avant la distribution des rations, tu as pris un peu de poids. Sans compter les morceaux que tu récupères auprès des malades qui ne peuvent plus mâcher. Cela te donne des forces. Ton étreinte se fait plus robuste, broyant la gorge dès le premier serrement. Il y a quelques jours, deux jeunes officiers des forces spéciales sont venus observer la façon dont tu t'y prenais. Les gestes, à eux seuls, ne suffisent pas. Il faut d'abord aller chercher la bestialité au fond de soi, faire taire le murmure de la conscience, faire le vide. Les hommes des commandos le savent. Ils s'y exercent eux-mêmes constamment. Ce qui les a fascinés, c'est la tendresse avec laquelle tu commets l'acte de tuer, dégageant une énergie quasi hypnotique qui lénifie ta victime. La bête féroce que tu es allé chercher au fond de toi, tu la caresses. Tu lui chuchotes des paroles douces que la proie croit lui être destinées, alors que c'est à la tourmente qui se déchaîne en toi que tu t'adresses.

Tu es de moins en moins sûr d'être un homme. Tu n'en as plus les aspirations, les interrogations, les anxiétés. Seule la culpabilité qui te ronge te laisse penser que tu l'es encore. La faim t'empêche de penser à autre chose qu'à la faim, de ressentir quoique ce soit d'autre. Tu n'y échappes que dans le sommeil, lorsqu'une fois passées les hallucinations de plats fumants et de corbeilles de friandises tu parviens à rejoindre enfin la croisade. Tu aimerais y retrouver le géant dont tu as fait la connaissance autour d'un feu de camp. Il te manque. Tu vois en lui un frère parce que, comme toi, il ne fait pas partie du monde.

Les gens qui en font partie, qui existent, te font peur. Surtout Laurence et les enfants qui ne cessent de cogner à la porte du regret. Tu refuses de la leur ouvrir et de les laisser assaillir ton âme. Tu ne les reverras jamais. Sans doute succomberas-tu ici. Si tu survivais, tu serais forcé de leur mentir. De jouer la comédie du mari, du papa qu'ils ont connu. De singer l'homme que tu fus. Or tu n'en es pas capable. Tu te dégoûtes trop pour t'agripper à ta famille comme le font tant d'autres, du fond de leur détresse. Te languir de Laurence, des enfants, est hors de question. Tu en crèverais plus vite que de la faim.

Tu t'es replié sur toi-même. Les monstres, ceux des légendes et des contes de fées, sont des créatures solitaires. Ils vivent à l'écart, dans des tanières ou des grottes. Rejetés par tous. Mais le géant, lui, t'a souri. Il t'a invité à le rejoindre, là-bas. Et à entreprendre avec lui le voyage qui mène à Jérusalem. Les vaisseaux affrétés par Louis le Jeune sont prêts à quitter Antalya pour Antioche. Embarqueras-tu sur l'un d'eux ?

Quitte à abandonner derrière toi la terre ferme.

*

Tu as failli plier bagage plus d'une fois et basculer dans l'imaginaire. Ou la folie. Mais la moindre éclaircie au sein des ténèbres t'en dissuade chaque fois. Tel le sursis que t'offre un projet, mené par le professeur Hirt en personne, qui nécessite beaucoup de crânes. Hirt prend les mensurations céphaliques des détenus vivants qu'on lui amène. Toi, tu mesures les morts avec un zèle surprenant. C'est simple, plus tu trouves de candidats satisfaisants parmi les défunts, moins de vivants seront gazés. Quand il n'y en a pas assez, tu t'empresses de mesurer aussi les moribonds et d'achever ceux dont les boîtes crâniennes feront l'affaire.

Tu communiques les résultats au nouveau responsable de la clinique qui n'est pas médecin, mais anthropologue. C'est du moins ce qu'il t'a affirmé dans un français châtié que trahit à peine une légère raucité germanique dans la prononciation des mots de plus de trois syllabes, comme "anthropologue". Son domaine d'expertise, ainsi que sa parfaite maîtrise de la langue française, font de lui l'officier idéal de liaison entre le camp du Struthof et la faculté d'anatomie de l'université de Strasbourg, dont Hirt est le ponte. *Herr* Hans, comme il se fait appeler, n'est cependant pas un militaire. Ni tout à fait un détenu. Il ne porte ni uniforme ni blouse blanche, mais un costume gris, tout rapiécé. Et des chaussures. Il n'a pas le crâne rasé et affiche même une barbichette en pointe à la Cyrano. Son statut te laisse quelque peu perplexe, tout comme le fait que ce protégé des SS se soucie de t'informer des projets en cours, avec une affabilité qui t'étonne.

C'est toutefois lors des présentations que *Herr* Hans t'a pris le plus au dépourvu.

— J'ai lu quelques-uns de vos romans, a-t-il déclaré d'un ton dégagé. J'ai particulièrement aimé celui qui s'inspire d'une antique légende et la transpose dans les temps modernes.

— *La Grande Traque ?*

— Non, pas celui-là. Un autre…

*

Herr Hans est court sur pattes, ventru, et il a le dos courbé, surmonté d'une énorme caboche qu'il semble avoir du mal à porter, gardant le menton appuyé sur la poitrine comme pour la soutenir. Autant de disproportions qui vont mal avec ses fonctions d'expert en anthropométrie mais que compensent une élégance inattendue du maintien ainsi qu'un gentil sourire de gosse. Comme il est presque nain, les soldats, avec leur humour de bidasses, l'ont surnommé "Hans le géant".

Bernstein est bien incapable de renseigner les agents de la Gestapo. La femme qu'il a rencontrée au musée de Cluny lui tournait le dos. Il n'a pas vu son visage. Il a glissé une enveloppe avec de l'argent et une photo de lui dans le sac qu'elle portait en bandoulière puis s'en est allé. Quelques jours plus tard, les documents étaient déposés sur le palier, devant sa porte. Se gardant de nommer le garçon de La Coupole, Bernstein prétend que c'est un ami qui a tout arrangé. Il se laisse tabasser encore un peu avant d'éructer le nom de Tristan Tzara qui a quitté Paris depuis belle lurette. Les gens de la Gestapo n'ont aucune idée de qui est ce Tzara. Il n'est pas fiché.

— Le père de Dada…, bredouille Bernstein.

Le fait qu'il ne saurait dire si Dada est une fille ou un garçon lui vaut quelques coups de poing au visage. Jusque-là, il n'en avait reçu qu'au ventre.

— Dada est mort, parvient-il à susurrer avant de perdre connaissance.

Il ne voit pas trente-six chandelles, mais un essaim de d et de a danser autour d'un crâne portant monocle qui ricane toutes dents dehors. Un seau d'eau glacée, jetée à la face, le ranime prestement. Assis sur une chaise de bois, les mains liées derrière le dos, les chevilles attachées, il a maintenant très peur. Derrière lui, une dispute gronde, en allemand. Le yiddish de son enfance et de nombreux voyages d'affaires à Cologne et à Francfort lui permettent d'en comprendre des bribes. Il semble que l'un de ses tortionnaires considère la poursuite de cet interrogatoire comme une perte de temps. Il parle sur un ton autoritaire. Seul l'un des autres lui tient tête. Celui-là a une voix hargneuse, enrouée, que Bernstein reconnaît. C'est celle de celui qui l'a frappé au visage. Les coups qu'ils donnent sont secs. Ils font mal, même après.

Bernstein sent des contusions lui boursoufler la figure. Le mot "ecchymose" lui vient bêtement à l'esprit. Il ne l'a jamais prononcé auparavant. Trop médical. Trop savant, avec ce double c et ce h qui lui rappellent le *"Ecce homo"*. Celui du Titien, celui du Caravage, où Jésus, flagellé jusqu'au sang par les soldats de Pilate, se tient droit et digne. Sans la moindre ecchymose.

L'homme à la voix hargneuse se plante devant Bernstein qui, lui, baisse aussitôt la tête, fixant le sol carrelé, propre et froid. Le reste du corps s'apprête à subir. Et dans la cervelle, c'est la pagaille. Faudrait-il se raidir ou relâcher les membres ?

Hurler ou serrer les dents ? Proposer de l'argent ? Supplier ? Gueuler ? Se tourner vers Dieu ? Comment se fait-il qu'après tant de siècles et de milliers et milliers de suppliciés, Bernstein n'aie pas la moindre idée de comment faire face à ce qui l'attend ? Comment se fait-il qu'il n'existe aucun manuel du martyre, aucun guide ? Pas même un succinct *Comment endurer la torture en dix leçons*.

Les coups se mettent à pleuvoir. Si vite et si fort que Bernstein a du mal à les situer. À peine a-t-il le temps d'avoir mal au thorax qu'une autre douleur, brûlante, surgit à l'aine, doublée d'un craquement des côtes, aussitôt suivi de quelques gifles bien à plat sur les oreilles. Un crachat à la figure ponctue cette volée cinglante. Bien que sonné, Bernstein entend distinctement les mots "Emmenez-le !"

Le lendemain matin, il est transféré à Drancy où, à la différence de bien d'autres, il débarque avec un certain soulagement, persuadé de s'en être tiré à bon compte.

Les cimes du mont Carmel se dessinent de plus en plus nettement. Tu te penches par-dessus le bastingage. À la vue du port de Saint-Jean-d'Acre, dont les quais et les remparts vacillent dans les vapeurs de la canicule, tu es pris d'une appréhension qui te serre le ventre. Tu ne pensais pas te laisser entraîner si loin, jusque sur les côtes de Terre sainte. Si tu y poses le pied, pourras-tu en revenir ?

Depuis tes premiers pas sur les chemins de la croisade, tu sens que tu tiens là une histoire. Un roman possible. Il se peut même que tu en aies trouvé le personnage principal, bien qu'encore à travailler. Ce géant dont tu t'es fait le compagnon et inévitable acolyte des récits d'aventure. Récit que tu racontes en t'adressant à toi-même, du moins pour l'instant. Peut-être serait-il préférable de le conter à la troisième personne. Et d'employer le passé narratif plutôt que ce présent trop direct qui sent ton haleine.

Jusqu'à présent, tu t'es contenté de banalités moyenâgeuses, de quelques poncifs qui n'engagent à rien, ni ne mènent nulle part. Tu t'es téléporté dans un univers peuplé de moines et de chevaliers, t'y baladant sans autre but que d'échapper à celui dans lequel tu vis. Tout un chacun sait comment opérer une telle transposition, se réfugier dans un ailleurs. Un romancier, lui, y puise de la matière.

À l'approche du rivage, tu éprouves l'envie de dépeindre ce que tu vois, le port hérissé de mâts, la lumière éclatante dans laquelle il baigne, les reflets cuivrés du soleil sur les toits. Et d'évoquer ce que tu ressens. Des débuts de phrase se forment, s'effacent, reviennent bourdonner à ton oreille. Tu les chasses comme autant de tentations. Tu ne veux pas qu'ils s'emparent de ton rêve. Le roman qui se propose à toi, tu te refuses pour l'instant à l'écrire. Pour ne surtout pas rompre le charme qui t'a rendu invisible. Car ce qui, à ton départ pour la croisade, n'était qu'une dérobade, est devenu un stratagème qui fonctionne. Une magie qu'il faut laisser opérer discrètement, en silence. Sans l'enfermer dans un livre.

Mais déjà des senteurs de garrigue te parviennent des collines. Une barque approche pour guider les vaisseaux jusqu'au port où, sur les embarcadères, une foule bigarrée se presse. Bien qu'elle se tienne là pour admirer la flottille et lui souhaiter la bienvenue, elle te fait un peu peur. Tu as entendu beaucoup de mauvaises choses sur les gens de l'Orient. Et à propos des influences que ce pays exerce sur les étrangers qui y demeurent trop longtemps. Comme pour confirmer tes suspicions, le hennissement des chevaux monte des cales, anxieux, agité, alors que sur le pont, en dehors des cris des marins pliant les voiles, tous observent un pieux silence, les guerriers comme les clercs, les écuyers comme les seigneurs, massés là, sans distinction de rang, tournés vers cette terre où est enseveli le corps du Christ.

*

Le professeur Hirt enrage. Une vingtaine de Russes lui ont été livrés par camion militaire. De rudes gaillards aux épaules larges, aux mâchoires carrées, tous le dépassant d'au moins une tête. Originaires de l'Oural, certains avaient les yeux légèrement bridés, aux prunelles d'un gris-bleu de loup des steppes. À leur entrée dans le camp, les détenus du quartier russe ont formé une sorte de garde d'honneur, s'écartant sur leur passage. Ce qui a agacé les kapos qui se sont mis à tabasser. Les gars de l'Oural ont continué d'avancer vers les baraquements, dents serrées, poings fermés, yeux fixés droit devant, pliant à peine sous les coups. Le SS-*Hauptsturmführer* Kramer s'est aussitôt juré de les briser. Mais il n'en a pas eu le temps. Hirt a prélevé quelques spécimens et ordonné à Kramer de se débarrasser des autres qui ont été exécutés sur-le-champ, à la mitrailleuse, dans la sablière attenante au camp. Pour “tentative d’évasion”.

Si le professeur Hirt enrage, c’est que ces hommes de l’Oural profond, au sang mêlé, ni européens ni vraiment asiatiques, présentent tous les attributs de l’*Übermensch* dont il postule qu’ils sont l’apanage des seuls aryens. De par leur apparence, du moins. C’est donc à l’intérieur de ces corps superbes qu’il a fallu aller chercher les défectuosités génétiques que ces bâtards dissimulent sous leurs biceps. Mesurés, photographiés, radiographiés, mis à l’épreuve de la douleur, du chaud, du froid, les spécimens prélevés par Hirt viennent d’être disséqués, et un rapport détaillé énumérant leurs tares a été envoyé à la faculté d’anthropologie de Strasbourg.

C’est Hans le géant qui t’as expliqué tout cela, avant d’aller se coucher. Il a bien vu que, tenu à l’écart de cette procédure inhabituelle, expéditive, tu t’en demandais la raison. Hormis l’épisode du cistercien écorché vif, jamais tu n’avais vu Hirt et son équipe s’acharner à ce point sur des “sujets”.

— Nous allons avoir du pain sur la planche, a ajouté Hans. Hirt change de cap ! Il en a soupé des commandos bolcheviques, des résistants endurcis. Il lui faut des spécimens moins robustes qui corroborent ses thèses. Une bonne centaine, m’a-t-il dit. Il a passé commande en haut lieu.

Cette nouvelle te perturbe. Tu risques de devenir moins utile. Les gars de l’Oural ont été tués par injection, Hirt trouvant que la strangulation risquait d'altérer certains traits faciaux qu'il désirait faire mouler. À vrai dire, cela valait mieux. Tu n'aurais pas été assez costaud pour broyer leurs cous de taureaux. Ni assez résolu, intimidé que tu étais par leur prestance. Dès que tu les as vus, altiers, dominant la pièce de tout leur haut, tu as eu l'impression que les chevaliers de tes rêves venaient de franchir les siècles pour débarquer à la clinique. Ils sont entrés sous lourde escorte, tels des seigneurs entourés de leurs hommes d'armes. Un auxiliaire en blouse blanche est accouru pour les mesurer avec la plus grande minutie, s'attardant là sur une pommette, ici sur un menton, griffonnant des notes, traçant des croquis, à la façon d'un sculpteur qui étudie son modèle avant d'en tailler le portrait dans la pierre.

Renvoyé à tes corvées de nettoyage, tu n'as pas été témoin de la suite. Ni même de l'évacuation des cadavres. Hans ignore si des organes ont été prélevés, les crânes ou les squelettes conservés, ou bien si le tout a été incinéré pour éradiquer cet affront à la race aryenne.

*

Les quais du port grouillent de monde. Une multitude chamarrée égaie la grisaille des remparts avec ses voiles et foulards qui volent au vent, ses chapeaux et bonnets brandis. Tu entends déjà la clameur excitée des marchands vantant les denrées qu'ils ont à offrir, les braillements des ferreurs de chevaux et de charrettes, les appels des tenanciers d'auberges, les éclats de rire des enfants ravis de cette animation qui donne à la ville un air de fête. Près de toi, sur le pont, un moine entonne un psaume.

Bernstein piétine pour faire circuler le sang. Ses jambes lui font mal. Collé tout contre lui, un vieil homme marmonne sur le même ton monotone depuis des heures. Sa voix fluette se perd dans le vacarme incessant que font le roulement du train, le tremblement des parois, les gémissements. Ni lui ni le vieillard, ne peuvent s'asseoir. Pas même bouger, écrasés qu'ils sont par la masse des autres. Chancelant, le vieux se tient agrippé au bras de Bernstein. Il a l'haleine rance.

Bernstein, qui ne connaît pas l'hébreu, ne saurait dire quelle prière le vieillard débite ainsi sans relâche. Peut-être est-ce un psaume. Il se souvient avoir entendu cette litanie dans son enfance. Et de comment les vieux Juifs, à la synagogue, ne prononçaient jamais clairement, récitant l'office à toute allure, comme si le temps leur manquait. Il les soupçonnait de baragouiner n'importe quoi. Ou de seulement remuer les lèvres pour se donner des airs pieux. À l'écoute du vieil homme, il retrouve cette tonalité lancinante qui s'adresse à

Dieu par-delà les mots, ce parler intime et sans façon avec le Ciel. Il retrouve ce passé qu'il aurait voulu oublier, ce monde qu'il a quitté dès qu'il l'a pu. Il y étouffait. L'y voici brutalement précipité à nouveau. Lui qui, à l'instar de Bergson et Max Jacob, avait envisagé de se convertir. Ce qui était très juif, au fond, et à la mode, alors.

*

Il s'étonne de tenir si bien le coup. Il n'a pas eu peur des hommes de la Gestapo. Et il n'a pas peur maintenant. Il soutient le petit vieux du mieux qu'il peut. Bizarrement, alors qu'il a toujours exécré la promiscuité, il n'est pas rebuté par celle des inconnus qui se tiennent pressés contre lui. Il en accueille la chaleur animale. Il s'en abreuve. S'absorber dans la détresse des autres lui fait oublier la sienne. Leurs voix trop aiguës, affolées, leurs trépignements, les coups de coude qu'ils lui donnent parfois dans les côtes, ne l'irritent pas plus que les pleurs d'un enfant qu'il faut consoler.

Ce qui l'insupporte, c'est la puanteur. Et toute cette laideur. C'est ce wagon fait de planches grossières, à la toiture tachée de rouille, à l'unique lucarne, trop petite, croisée de fils de fer. C'est ce ramassis de destinées mal assorties, de vies dépareillées, ce fatras de souffrances. C'est cette absence absolue de toute esthétique si n'était, un peu à sa gauche, le buste impavide d'un homme à bésicles d'écaille blonde, dont la cravate de soie moirée gris-vert est piquée d'un camée sur agate. Malgré le peu de lumière que dispense la lucarne, Bernstein parvient à distinguer le profil d'une femme dont le relief pâle se détache du minéral brunâtre. Elle a le nez droit, le front haut, le regard placide d'une patricienne grecque ou romaine. Sa chevelure semble flotter derrière elle, ondoyant au rythme des secousses du train. Bernstein l'observe avec une telle intensité que l'homme aux bésicles, croyant peut-être qu'il veut la lui voler, referme son veston pour la couvrir. Bernstein ferme les yeux. Il n'a désormais plus rien de gracieux à quoi s'accrocher. La beauté s'est retirée de sa vie. Il en a été spolié comme d'une amante enlevée par des bandits. Et bien que penser à ses collections, à son appartement sur les quais, le remplisse d'amertume, il n'arrive pas à empêcher les images de surgir.

Dans la nuit, le vieillard s'effondre. Il n'y a pas assez de place, entre les passagers, pour étendre sa dépouille dans la sciure. Bernstein continue de le soutenir, de l'étreindre. Les marmonnements du vieux lui manquent. Ils lui donnaient du courage. Et le vague espoir qu'une prière si insistante finisse par être entendue.

À l'aube, Bernstein, épuisé, laisse choir le cadavre. De leurs mains, de leurs pieds, ses voisins parviennent à le pousser jusqu'au coin du wagon désormais réservé aux morts. L'homme aux bésicles, lançant à Bernstein un regard entendu, écarte les pans de son veston, laissant à nouveau apparaître son camée.

Mais Bernstein s'en détourne.

*

Un brusque coup de freins fait chavirer tout le monde vers l'avant. Des cris d'effroi s'élèvent, des appels, des noms hurlés, chuchotés, des "Que se passe-t-il ?" angoissés. Les roues crissent sur les rails jusqu'à ce que le train s'immobilise tout à fait. La porte s'ouvre brutalement, inondant le fourgon de lumière et de froid.

Tu trouves une paillasse où t'étendre dans l'une des tentes plantées en bord de mer, à l'extérieur des remparts. Les pans de toile, humides de rosée, puent encore la moisissure des cales. Mercenaires et camelots, pèlerins et frères des ordres mendiants s'entassent pêle mêle, macérant dans leur propre sueur. Tu te tournes et te retournes, assailli de doutes et de craintes. C'est là ta première nuit sur cette terre inconnue.

Que viens-tu y chercher ? Dieu, pour lui crier ta réprobation ? Et le haïr plutôt que les hommes ? Jésus ? Le personnage t'est plutôt sympathique, t'offrant sa jolie légende, vivant comme toi à cheval sur deux mondes. Un asile ? Même imaginaire. De la matière pour un bouquin ? Alors que tu en as suffisamment, ici même, au Struthof, pour en écrire à l'infini.

Mais tu n'aimes pas ce nom, le Struthof. Nom de commune, nom de gare, trop banal pour l'horreur. Et tu trouves détestables les mots *Lager*, *Kapo*. Tu ne supportes pas que tes tortionnaires soient des tocards. Et ton enfer si poisseux. Il se passe ici des choses qui méritent des termes plus choisis. Des mots comme “nazaréen” ou “templier”.

L’air, à l’intérieur de la tente, empeste tant que tu décides d’aller coucher à la belle étoile. Dehors, un magnifique clair de lune t’accueille. Et son reflet flottant sur les vagues. Tu te jettes dans la mer. Tu t’y décrasses, te récurant la peau avec des galets et du sable. En sortant, tu grimpes la dune, attiré par une lueur qui vacille à son sommet. En haut, aux pieds d’un piquet auquel est accrochée une lanterne, tu découvres le géant, assis en tailleur, la nuque courbée dans la position des scribes. Dès qu’il t’aperçoit, il range précipitamment ce qu’il tenait en mains dans sa besace. Tu t’assieds auprès de lui sans qu’il t’y ait invité. Son sourire réjoui laisse à penser qu’il t’attendait. En tout cas, il n’est nullement surpris de te voir. Il t’avait bien dit que tu survivrais et atteindrais la Terre sainte. Mais à quel titre y débarques-tu ? Toi, un moine sans chapelet et sans bure. À l’écart de tout ordre, de toute église. À l’écart de Dieu. Et lui donc ? Ni clerc ni guerrier, quel but poursuit-il ?

Le géant étend le bras vers le campement.

— Toi et moi ne faisons pas partie de cette horde, déclare-t-il.

Il se tourne vers toi et, serrant sa besace contre lui, ajoute :

— Ils ne sont point hommes au même titre que nous le sommes.

*

— Mâchoire trop carrée… thorax bombé…, maugrée Hirt au bout de sa tournée d'inspection.

Et, se plantant face à Hans, il lui dicte une liste de signes distinctifs qui, réunis chez un même spécimen, constituent le parfait sous-homme.

C'est à toi qu'il revient d'aller dénicher, parmi les détenus, lesquels répondent à ces critères. Tu y vas durant l'appel du matin, armé d'un compas à mesurer les crânes, circulant entre les rangs, t'arrêtant ici et là pour examiner des candidats possibles, pinçant leur tête entre les branches réglées de l'instrument, évitant leur regard effaré. Au moment où tu vas perdre espoir de trouver quiconque fasse l'affaire, tu tombes sur un parfait étalon dont les mensurations correspondent au millimètre près à celles inscrites sur la charte de Hans. Peu importe qu'il s'agisse d'un kapo, tu lui intimes de te suivre.

À la clinique, Hans, après avoir vérifié les dimensions des mâchoires, du front, de la boîte crânienne, valide ton choix. Mais pas Hirt qui renvoie le kapo d'où il vient.

— Pas assez typé, dit-il à Hans, hurlant de tout son haut sur le nain. Je ne veux pas de cette brute !

*

Tu t'endors sur le sable doux.

Bernstein ne voit plus rien. Une bandelette trempée dans le plâtre lui couvre les yeux. Remontant de la nuque, elle a été déroulée avec soin jusqu'à lui entourer toute la tête. Seule une incision, au niveau des lèvres, lui permet de respirer. Bernstein n'a pas peur. Il connaît cette pratique de moulage. Il a pu l'observer dans l'atelier de Gheorghe Leonida lorsque celui-ci travaillait au buste du *Christ rédempteur* pour la statue géante dont le corps, sculpté séparément par Landowski, se trouve aujourd'hui à Rio, au sommet du Corcovado. Bernstein en avait alors le modèle pour amant, un jeune peintre sans grand talent qu'il avait pris sous son aile. Et qui faisait un piètre Jésus. Menton imberbe, un peu renflé, bouche lippue, front plat, que l'on retrouve sur le Christ brésilien au visage dur, aux yeux inexpressifs. Monumental et froid. Alors que le modèle rayonnait d'une sensualité animale qui vous brûlait les entrailles. Bien que, par ailleurs, il respirât la bêtise. Francesco, au visage long, aux joues plus creuses, aurait fait un meilleur fils de Dieu.

Plongé dans le noir, cagoulé de plâtre, Bernstein éprouve un étrange soulagement. Ce matin à l'appel, des officiers SS ont circulé parmi les rangs, examinant les détenus un par un, se concertant à voix basse, comparant leurs notes. L'un d'eux lui a tâté les joues, le menton et a fait signe aux kapos de s'emparer de lui. Ils l'ont traîné jusqu'à un hangar vide où attendaient des hommes vêtus de sarraus gris. Bernstein s'est senti comme un veau entrant à l'abattoir. Derrière les hommes en tablier, il a aperçu quelques silhouettes assises sur des tabourets. Toutes avaient la face plâtrée.

Il se délecte maintenant du calme des lieux, de la tiédeur qui y règne, de la caresse rugueuse du plâtre sur ses joues. Il entend certains gémir à travers leurs muselières de gaze. Et pour la première fois depuis longtemps, des voix de femmes, apeurées, qu'il ne tente pas d'apaiser. Toute parole de consolation, ici, dans le camp, accable au lieu de soulager. Car elle tient du mensonge.

Le plâtre, en durcissant, tire sur la peau. Enserrant de plus en plus étroitement la figure, il en affermit les contours. Bernstein, qui n'a pas vu son reflet dans un miroir ou une vitre depuis des semaines, a le sentiment de retrouver son visage. Il se le remémore tel qu'il fut avant de s'émacier et de rétrécir, un peu comme un vieillard qui, refusant d'admettre les signes de l'âge, se persuade qu'il tient mieux le coup que les autres. Et qu'il n'est pas aussi hideux à voir. Pas aussi affreux que ces damnés à la Jérôme Bosch, ces démons à la Goya parmi lesquels il vit. Pas aussi noueux et torsadé que ces personnages sortis tout droit d'une toile de Soutine ou de Munch. La preuve, quelqu'un désire obtenir son empreinte faciale ! Si Bernstein, du fond de l'horreur, persiste à se référer aux canons de la beauté et de l'art, il n'y peut rien. C'est là l'échelle de valeurs dont il dispose et à laquelle, chez lui, tout se ramène. Tel un médecin qui ne peut s'empêcher de diagnostiquer. Ou un magistrat de passer jugement. Tant qu'il le peut encore.

*

Viennent ensuite la séance photo, l'auscultation, le pesage, la prise de sang, sans que nul ne lui adresse la parole. C'est comme si tout se passait "en l'absence de l'intéressé". Par contumace. De fait, Bernstein n'est pas sûr d'être là, même quand ça fait mal. Il entend geindre parfois, sans pouvoir dire si cela vient de lui ou de l'un des autres. Tout lui parvient comme à travers une paroi de verre.

Il se laisse faire. Il subit. Cette abdication le soulage. Enfant, lors de son ablation des amygdales, le médecin lui avait conseillé de se résigner à la douleur. Et il lui avait promis une glace, pour après. Bernstein essaie de se souvenir du parfum de cette glace. Certainement pas à la vanille, qu'il n'aimait pas du tout. Sans doute à la fraise.

Il appréhende chaque nouvelle étape, craignant d'échouer, de ne pas être jugé apte à passer à la suivante, de décevoir ses examinateurs. Ce vague espoir de leur être nécessaire culmine lors du toilettage à l'alcool et au savon qui sentent fort. Qui l'écœurent. Contre toute attente, la propreté soudaine de son corps le dégoûte. Il la trouve indécente. Il en a honte. Elle le prive de son malheur.

En une moquerie atroce.

Lorsque tu te réveilles, ébloui par le soleil qui pointe à la cime du Carmel, tu sens ta faim. Les odeurs de la chair qui cuit sur les brasiers te titillent les narines. Elles te remuent le ventre. Tu t'en détournes, regardant vers la mer. Un pêcheur se tient non loin du rivage. Planté dans l'eau jusqu'à la taille, il jette son filet dans les airs, le laisse retomber puis le tire à lui. Après chaque lancer, il décroche les prises des mailles et les jette au fond d'un sac en toile pendu à sa ceinture. Soudain, il empoigne un poisson argenté, le lève jusqu'à sa bouche, plante ses dents dans la peau écaillée. L'animal gigote frénétiquement puis se raidit. Le pêcheur le dévore à grandes bouchées, avec un plaisir glouton qui te rassasie rien qu'à le voir.

Au moment où, prenant ton courage à deux mains, tu vas t'éveiller et rejoindre la géhenne, une ombre, telle celle d'un nuage passant dans le ciel, te recouvre tout entier. Elle s'étire en longueur sur la grève, se répandant en une coulée qui sinue parmi les rides du sable comme si elle y écrivait quelque chose. Cette ombre, tu sais que c'est celle du géant. Tu décides de demeurer un moment de plus dans ton rêve. Le géant te demande tout bas de le suivre. Son ombre se retire, t'exposant à nouveau aux dards du soleil. Tu le vois s'éloigner du bord de mer et s'enfoncer dans le lit caillouteux d'un oued qui serpente parmi les broussailles. Te levant avec peine, tout courbaturé, tu t'efforces de lui emboîter le pas. Tu as du mal à le rattraper. Tes sandales de peau dérapent sur la pierre sèche. Tes chevilles se tordent à chaque aspérité. Alors que lui, chaussé de semelles de corde, trotte devant comme une chèvre.

Tu as toujours faim. Et de plus en plus soif. Mais le géant ne s'en soucie pas. Il avance. Tu lui sais gré de ne pas te prendre en pitié, de poursuivre sa route. De t'emmener loin d'ici. Chaque pas que tu franchis à sa suite est une victoire remportée sur l'horreur que tu vis. Chaque trace qu'il laisse sur le sol est un mot de plus que tu écriras peut-être un jour dans un livre. Le géant bifurque soudain hors de l'oued, grimpant la paroi rocheuse, puis se retourne, t'adressant son sourire de gosse comme si lui aussi t'était reconnaissant. Vous marchez ensemble, maintenant. Côte à côte. Oublieux des ronces, de la chaleur, des piqûres d'insectes.

De temps en temps, tu lèves les yeux vers les hauteurs du Carmel que caresse l'ombre d'un nuage solitaire. Tu t'abreuves de la clarté du ciel, tu te délectes de la netteté avec laquelle les cimes des chênes verts et des genévriers s'y découpent. Tu cherches les mots qu'il faudrait pour décrire cet embrasement de lumière qui rend le vert et brun des garrigues si intense, chaque caillou si distinct, chaque feuille si éclatante. Toi qui vis désormais dans un monde tout de grisaille et de fadeur.

Le géant s'arrête près d'un arbuste épineux, en casse une petite branche qu'il se met à mordiller. Il s'accroupit et t'invite à faire de même.

— Ne bouge plus et ne fais aucun bruit, chuchote-t-il, posant un doigt sur ses lèvres.

À travers le branchage hérissé de feuilles piquantes, tu distingues un groupe d'hommes vêtus de tuniques blanches. Ils se tiennent debout autour d'un braséro d'où s'élève une mince fumée grise. La plupart te tournent le dos. Tu les entends bavarder calmement. Tu vois l'un d'eux passer une gourde de peau à la ronde. Plus à gauche, en plein soleil, un prisonnier nu, le visage en sang, le corps tailladé, est enchaîné à un poteau. Nul ne lui prête attention.

Tu t'inclines vers ton compagnon, espérant quelque explication. Mais le géant t'intime de rester coi.

— Ils sont neuf en tout, chuchote-t-il. Sans le supplicié.

L'un d'entre eux retire une épée du braséro. Le bout de la lame est rougi par le feu. Lorsqu'il se retourne et la brandit, tu découvres une croix écarlate brodée sur sa tunique, à hauteur de la poitrine. Elle est pattée, à branches incurvées, tout comme celle, en fer, que le *Lagerkommandant* porte au col.

— Sois bien attentif, dit le géant. Observe leurs gestes, leurs grimaces, la façon dont chacun va réagir.

Le croisé à l'épée quitte le cercle. Il se dirige vers le captif enchaîné au poteau.

— Selon le comportement des uns et des autres, nous saurons bientôt combien d'hommes se comptent parmi eux.

Le géant marque une pause et, avant que tu puisses l'interroger, il précise :

— Et combien d'entre eux sont des imposteurs qui en usurpent le titre.

Le prisonnier ne bouge pas à l'approche du templier. Il semble évanoui.

— Regarde ceux qui sont restés en arrière, près du braséro. En vois-tu un, sur la droite, dont la figure se crispe ?

— Non, lequel ?

La réponse du géant est couverte par un hurlement horrible qui transperce le silence des garrigues.

Tu te réveilles en sursaut.

*

— Vous avez de la température.

Perché sur un tabouret, Hans, le nain, t'éponge le front avec un linge humide. Tu fais l'effort de te redresser, de te lever. Avoir de la fièvre équivaut à un arrêt de mort. Tu te traînes jusqu'au balai-brosse et au seau. Hans ne t'y aide pas. Tu lui en sais gré.

Tu commences le nettoyage du matin, t'agrippant au manche du balai comme à une béquille, trempant parfois ta main dans l'eau du seau pour t'en humecter les tempes et le cou. Tu vas devoir, aujourd'hui plus que jamais, mener un combat de chaque minute, de chaque seconde. Cette nouvelle épreuve intéresse grandement Hans qui observe tes faits et gestes, te dévisage. Est-ce pour cela qu'il n'a dévoilé ton état à quiconque ? Pour voir comment tu allais t'en sortir ? Il est anthropologue, après tout.

Tu trébuches, te rattrapes de justesse à la poignée d'une porte. Il ne faut pas que tu tombes. Tu n'aurais pas la force de te relever. Et te laisserais peut-être mourir, cette fois-ci.

Tu es pris d'un léger ricanement à la pensée qu'il n'y aurait personne pour t'étrangler en douceur, les yeux plongés dans les tiens. À défaut de remplaçant, toi qui as tant de fois donné la mort de tes mains, tu écoperais d'une balle à la tempe. Ou d'une injection. Cette déconsidération t'offense. La contrariété qu'elle te cause te ragaillardit tant et si bien que tu tiens le coup jusqu'à l'heure de la visite matinale. Dès que les hommes en blouse blanche font leur entrée, Hans t'envoie vider les ordures.

— Ne revenez ici qu'après la visite, te souffle-t-il.

Arrivé au dépotoir, tu remues les détritus en quête de pitance. Il s'en dégage des vapeurs tièdes que tu inhales comme jadis on respirait des sels. Les odeurs de pourriture débarrassent tes narines de la senteur aigre de la clinique. Tu retournes un sac de farine pour lécher la poudre blanche qui en enduit le jute. Ce qui te dessèche la gorge plus encore.

Tu transpires, tes jambes flageolent. Les blouses blanches ne sont toujours pas ressorties. Pourquoi diable la visite dure-t-elle plus qu'à l'habitude ? Quelqu'un va-t-il s'apercevoir de ton absence ? Hans va-t-il avouer que tu te caches dehors parce que tu as de la fièvre ? L'image du supplicié enchaîné au poteau te passe devant les yeux. Tu la chasses de ton esprit pour ne pas succomber à la tentation du martyre. La torture avec bourreaux cagoulés et instruments rougis au feu est un privilège auquel tu n'as pas droit. Elle est réservée à l'élite, au gratin des fuyards et des traîtres. La mort à laquelle tu es destiné est bien plus prosaïque : bastonnade, épuisement, typhus. C'est celle de la lie.

*

Herr Hans apparaît sur le perron. D'un doigt posé sur les lèvres, il te fait signe de te taire, de ne pas bouger. Les hommes en blouses blanches quittent la clinique. Ils bavardent gaiement. Tu entends leurs voix. Et le crissement de leurs bottes sur le gravillon. Hirt s'arrête pour allumer une cigarette. Tu vois ses prunelles briller à la flamme du briquet. Tu sens dans ta bouche la caresse du tabac qu'il aspire dans la sienne. Cette taffe te fait du bien. Hirt remet son briquet en poche, te fixe un moment du regard. Il semble se demander d'où il te connaît. Tu baisses vite la tête. Il t'est interdit de poser les yeux sur quiconque est de la race des seigneurs. Tu demeures parfaitement immobile, bras le long du corps, en un grotesque garde-à-vous, écoutant les pas s'éloigner, les portes des voitures claquer, les moteurs vrombir, avant de te redresser.

Hans t'accueille sur le perron.

— Comment vous sentez-vous ? demande-t-il d'un ton civil.

Tu lui fais signe que ça va.

À l'intérieur, il te prend par le bras.

— Nous attendons des invités de marque. Conviés par Himmler lui-même.

Tu te tais.

— Cent fringants squelettes pour les recherches du professeur Hirt et ses collègues de la faculté de Strasbourg.

Tu penses à Oscar, le squelette articulé qui pendait au coin de la classe, à l'école. Et qui ne faisait pas peur.

— Ils arriveront d'Auschwitz la semaine prochaine.

Tu te souviens de comment, au début de chaque leçon, la maîtresse en agitait la main aux doigts cliquetants pour lui faire dire bonjour aux élèves.

Mensurations, moulages, séances de photographie, toilettage sont suivis d'un total désintérêt. Subitement délaissés, Bernstein et ses partenaires se retrouvent enfermés dans un local aux parois de béton, complètement nu. Pas un meuble, pas une fenêtre. Juste une ampoule électrique qui pend du plafond. Ils dorment à même le sol dur et froid. Ils défèquent dans un coin dont ils se tiennent éloignés tant que possible.

Ils se parlent pour la première fois. En yiddish, en polonais, en italien, éructant des questions auxquelles nul n'apporte de réponse. Ils s'observent les uns les autres d'un air soupçonneux, à la recherche de ce qu'ils peuvent avoir de commun et qui leur vaut un traitement si spécial. Une aptitude physique quelconque ? Un trouble mental ? Un signe particulier ? Tous s'étonnent d'être encore vivants. Et de n'avoir reçu ni gifle ni coup de gourdin depuis deux jours. D'aucuns se prennent à espérer. D'autres s'en gardent.

Profitant d'un moment de silence, Bernstein se présente, poliment, et invite les autres à faire de même. Chacun dit son nom.

Jeannette Passmann, Alfred Hayum, Hugo Cohn, Esra Asser, Sabetaï Kapon, Martha Testa, Abraham Matarasso, Jean Kotz, Siegbert Rosenthal, Allegre Beracha, Ernestine Baruch, Aron Eskaloni, Elvira Amar, Emma Amar, Martin Ascher, Sophie Boroschek, Maurice Saporta, Regina Nachman, Walter Wollinski, Ichaï Litchi, Charles Hassan, Albert Saltiel, Maurice Saltiel, Albert Isaak, Joachim Behrendt, David Akouni, Sarica Cambelli, Rebecca Cambelli, Benjamin Geger, Hugo Haarzopf, Sabi Dekalo, Jacob Polak, Emil Sondheim, Dario Nathan, Paul Krotoschiner, Kurt Levy, Mordecaï Saul, Nina Sustiel, Rudolf Hermann, Katerina Mosche, Maria Matalon, Michael Marcus, Gustav Seelig, Ester Eskenasy, Abraham Franco, Harri Bober, Günther Benjamin, Bella Alaluf, Sara Bomberg, Allegra Attas, Sigurd Julius Steinberg, Alice Simon, Jacob Herschfeld, Menachem Taffel, Maria Urstein, Israël Isak, Heinrich Osepowitz, Marie Sainderichin, Levei Khan, Sarina Nissim, Israël Albert, Kalman Bezsmiertny, Fajsch Gichman, Brandel Grub, Elei Cohen, Juli Cohen, Aron Aron, Kurt Driesen, Maria Kempner, Israel Rafael, Samuel Rafael, Frank Sachnowitz, Lasas Menache, Elisabeth Klein, Siniora Nachmias, Hermann Pinkus, Nety Aruch, Nisin Buchar, Heinz Salo Frischler, Günter Dannenberg, Aron Esformes, Palomba Arnades,

Samuel Blosilio, Else Leibholz, Joachim Basch, Maurice Francese

*

Des heures passent. Peut-être des jours. Sans boire, sans manger. Jusqu'à ce qu'une équipe d'infirmiers débarque à l'improviste, avec un peu d'eau et de nourriture dans une écuelle et un seau, et du matériel de prise de sang. Lorsqu'ils repartent, deux types en habits de détenus pénètrent dans la salle, brandissant des tuyaux dont les jets puissants éclaboussent le sol, évacuant les excréments. Quelques-uns des patients se dévêtent pour être lavés, décrassés, alors que les autres reculent et se recroquevillent pour éviter les giclées glacées. Et puis la porte se referme.

Trois costauds repoussent ceux qui se précipitent aussitôt vers l'écuelle de fonte et le seau. Une sorte de distribution s'organise. Une file se forme, les hommes laissant la précédence aux femmes. Le service est vite terminé.

— Cela m'a tout l'air d'une quarantaine, déclare avec autorité un petit bonhomme qui se dit médecin.

Il se tient nu, trempé, au milieu de la salle. La lumière de l'unique ampoule se reflète sur son crâne chauve, encore mouillé, le coiffant d'une rutilante calotte blanche comme on en porte aux mariages et aux communions.

— De quelle maladie souffrons-nous donc ? demande quelqu'un.

Le docteur hausse les épaules et se met à essorer sa vareuse de toile aux larges rayures délavées par l'usure. Il grelotte de froid.

Bernstein, lui, est sec. Il n'a pas voulu se doucher.

Quittant l'abri des buissons, le géant s'avance vers les hommes en tuniques blanches. Il marche d'un pas mesuré, leur souriant gentiment, bien que tous aient mis la main au pommeau. Son gabarit leur en impose. Mais pas sa mise. Il est coiffé d'un bonnet de laine grise dont s'échappent les mèches d'une tignasse rêche et deux tresses jaunâtres aussi épaisses que la corde d'un gibet. Son manteau est rapiécé de toute part. Et la sacoche qu'il porte en bandoulière est d'une toile grossière qui s'effiloche. Il se déplace cependant avec une grâce altière que n'entravent ni son poids ni l'énormité de ses membres.

— Cessez de molester ce malheureux, dit l'intrus.

Les croisés s'esclaffent.

— Veux-tu donc prendre sa place ? lance l'un d'eux.

— Je tiens à lui parler.

— Et nous de même !

C'est au tour du géant d'user de sarcasme.

— Vous ne tirerez rien de lui. Vous l'avez trop rudoyé. Il n'a plus peur. Ni de vous ni de la mort dont il sent la délivrance toute proche.

Puis, se dirigeant vers le chevalier qui a tailladé le prisonnier du bout brûlant de son épée, il rugit :

— Et qu'il ne te revient pas d'infliger ! Rengaine ta lame !

Le géant se tourne vers l'endroit où tu te tiens caché et te pointe du doigt.

— Cette mort, c'est lui qui la donnera. De ses mains.

Il te fait signe de le rejoindre.

Plus bas, dans le vallon, les templiers se figent.

*

Le géant te fait soudain peur. Pourquoi te replonge-t-il dans les affres que tu tentes de fuir ? Ceci n'est pas la mission dont tu l'as chargé. Tu te dis que rien ne te force à lui obéir. Il n'est qu'un personnage de fiction, après tout. Hésitant à sortir des fourrés, tu envisages que les croisés n'aient pas entendu son injonction. Ou qu'ils s'y opposent et l'assaillent, le blessent peut-être.

Et s'ils le tuaient ?

Non, pas ça ! Sans lui, ça ne tient pas, toute cette aventure. Tu bondis hors des broussailles. Te voilà à découvert. Le templier qui torturait le prisonnier brandit vers toi son épée. L'acier de la lame rutile au soleil.

— Mal t'en prendra si tu frappes, dit le géant.

Il ouvre sa besace et en sort un document cacheté de cire.

— À genoux ! Par ordre de Bernard de Fontaine, abbé de Clairvaux, dont je suis le pieux envoyé.

Et il gifle le chevalier.

*

Hans, le nain, pouffe de rire, s'étouffant presque.

— Mais non, mais non, ce ne sont pas des ossements que nous attendons…

Il reprend son souffle, un peu gêné.

— … les squelettes que Hirt a commandés arriveront sur pied.

— Vivants ? demandes-tu bêtement.

— Ambulants, disons. Des dépouilles congelées ou bien des carcasses à l'ossature friable exigeraient des emballages spéciaux, une manutention délicate, alors que des passagers qui tiennent sur leurs jambes sont bien plus faciles à transporter.

Tu crois déceler une étincelle moqueuse dans les yeux du nain, un vacillement de la pupille.

— Et puis Hirt tient à ce que la préparation se fasse sur place, selon ses méthodes, et non à Auschwitz. Il ne veut pas de cadavres tout raidis. Il lui faut des corps frais, malléables…

*

Le géant s'approche du prisonnier et lui murmure tout bas des paroles que nul autre n'entend. Un jour, tu les écriras. Puis il se retire. C'est à ton tour de te planter face au supplicié. Il respire à peine. Les sourds gémissements qui lui montent des entrailles se mêlent au murmure de la brise. Autrement, le silence serait total. Tu devines, dans ton dos, les regards des templiers braqués sur toi. Des regards bleus et froids.

Tu t'inclines vers le captif pour humer de plus près les odeurs de sa sueur, du sang qui suinte de ses plaies, des défécations qui t'écœurent. Et te donnent envie de le tuer. Tu distingues jusqu'à la moindre ride sur son front, chaque pore sur sa peau. Le soleil est maintenant haut dans le ciel. Il dispense une clarté à laquelle aucun détail ne se dérobe. Tu vas officier en pleine lumière. À la vue de tous. Le géant te refuse l'échappatoire sur laquelle tu comptais. Il te demande, au contraire, d'assumer.

Déjà tu poses tes mains sur le cou du martyr.

Parti de Pologne, le train traverse l'Allemagne, contournant la Tchécoslovaquie. Il ramène Bernstein en France. Où il fait moins froid.

— Nous aurions dû écouter les sionistes, cher monsieur. Mon frère et sa femme l'ont fait. Ils sont en Palestine, à Haïfa.

Une conversation s'est engagée entre deux "messieurs" au ton de voix posé, civil, qui bavardent comme s'ils étaient assis autour d'un verre.

— Partir pour là-bas, j'y ai songé, dit l'autre. Mais avec des parents âgés, voyez-vous. Et ma tante…

— Je comprends. Vous n'avez pas voulu abandonner le navire, cher monsieur.

— Mes parents et ma tante ne sont plus à bord.

— Mes condoléances, cher monsieur.

— Et vous, monsieur, vous reste-t-il des proches ?

La question demeure sans réponse. Un silence gêné s'installe jusqu'à ce que Bernstein relance la discussion, usant du même ton poli, presque mondain, que les deux autres.

— Marcel Janco est parvenu à rejoindre Tel-Aviv.

Les deux "messieurs" se tournent vers Bernstein.

— Par bateau, cher monsieur ? demande l'un.

— Marcel qui ? demande l'autre.

— Janco, Marcel Janco, l'ami de Tzara, Tristan Tzara, répond Bernstein. J'ignore par quel moyen il a atteint la Palestine.

— Vous voulez dire Ianco, dit le monsieur dont le frère vit à Haïfa.

— Ah, un Roumain, alors, dit celui qui a perdu ses parents et sa tante.

— De Bucarest, confirme Bernstein. Un artiste…

Le silence revient. Il dure. On n'entend plus que les roues du train cliqueter sur les entrerails. Durant la nuit, le convoi s'arrête plusieurs fois. Dans des gares mais aussi en rase campagne.

Personne ne demande l'heure.

L'une des femmes perd connaissance. Un jeune homme s'occupe d'elle. Il est médecin.

*

Bernstein somnole. Il pense à Marcel Janco. À Tel-Aviv, à Haïfa… À Arp, à Klee, à Richter. À Duchamp déambulant dans les rues de Manhattan. Il rêvasse, bercé par les spasmes de la faim, les soubresauts du wagon sur la voie, la douceur de la mort qui approche.

New York, la Terre sainte… Où il n'ira pas. Où il ne serait jamais allé de toute manière, même s'il n'y avait pas eu la guerre. Pas plus qu'en Alaska ou à Papeete.

La femme qui s'était évanouie revient à elle, horrifiée de se retrouver dans ce train qui roule à toute allure. Elle bredouille quelques mots que personne ne comprend puis se tait.

Ce que Bernstein aimerait, ce serait descendre une dernière fois à l'hôtel Belles Rives, admirer le coucher du soleil du haut de la terrasse qui surplombe la mer, à l'orée du cap d'Antibes, en dégustant un chardonnay à la crème de cassis. Ce serait reprendre sa conversation avec Gontcharova là où il l'avait laissée, juste avant que Larionov et Francesco les rejoignent. Converser avec elle sur l'art avec, en fond sonore, la musique de jazz venant du piano-bar. Piquer des olives dans un bol.

Il aurait dû se montrer plus expansif, poser des questions, parler technique, perspective. Avouer à Nathalie Gontcharova qu'il trouvait son Christ un peu trop masculin. La remercier toutefois de ne pas l'avoir peint efflanqué.

Un petit groupe s'est formé au bout du wagon. Ils sont une dizaine. Tournés vers l'arrière du train, ils entonnent la prière du matin. D'où savent-ils que l'est se trouve de ce côté du fourgon ?

Que Jérusalem se trouve là-bas, au bout de la voie ferrée.

Hans te laisse de moins en moins le temps de rêvasser.

Il ne cesse de t'interpeller, de te tirer par la manche. *Herr Professor* August Hirt lui a confié la tâche de préparer l'arrivée des squelettes qu'il a commandés. Les aménagements nécessaires seront de courte durée, le temps que l'on s'assure que les spécimens ne souffrent ni du typhus ni d'aucune pathologie indésirable. Et qu'ils correspondent aux desiderata de l'institut strasbourgeois d'anatomie. Le nain est nerveux. Le gaz cyanhydrique pour la suppression des fonctions vitales n'a pas été livré à la date prévue. Et il ne sait que faire des femmes qui vont débarquer. Ici, il n'y a que des hommes. Pour comble d'embêtement, le camp est surpeuplé ces temps-ci. La place manque pour loger cet arrivage que nul n'a pris en compte, même si ce n'est que pour une nuit ou deux.

— Ils seront une petite centaine, te précise-t-il. Tous des Juifs. Très typés.

Tu te demandes comment Hirt s'est procuré ces Juifs. Tu n'as jamais entendu parler d'Auschwitz. Ni des ghettos. Tu ne sais rien de ce qu'il se passe dehors, dans cet autre monde où vivent, s'ils vivent encore, ta femme et tes enfants. Que leur est-il arrivé ? Sont-ils à la maison ? Ou bien ailleurs ? Il est malsain de se poser toutes ces questions. Tu secoues la tête pour en chasser les pensées qui te tourmentent.

Le nain semble attendre de toi que tu l'aides à trouver des solutions. Mais tu ne lui en proposes aucune. Pourquoi le ferais-tu ? Ce n'est pas de ton ressort. Et puis, tu lui en veux de ne pas se souvenir du titre du roman qu'il a lu de toi. De temps à autre, il revient à la charge. "Quelque chose de court, je crois bien. – *Controverse* ? – Non, un mot à consonance grecque ou latine…" Tu refuses de le lui souffler. Après avoir envisagé un autre titre, assez long, tu avais fini par opter pour un terme énigmatique, peu usité. Facile à retenir. Que tu te refuses à prononcer. Car, comme pour ta vie d'avant, tu t'interdis de penser aux livres que tu as pondus. Si jamais tu t'en sors, pas question de reprendre la plume. Pas pour pondre des romans, en tout cas.

Mais si tu n'écris plus, dans quel ailleurs iras-tu te réfugier ? Dans quelle absence ?

*

Tu relâches ton étreinte. La tête du supplicié retombe doucement, comme si elle s'inclinait en signe de consentement. Il a rendu l'âme sans te résister.

Le géant se tourne vers les templiers.

— Un homme vient de périr par la main d'un autre homme.

Il pointe vers eux un doigt accusateur.

— Et non par des brutes de votre espèce !

Puis l'expression de son visage s'adoucit. Il sourit presque.

— Toi, tu es un homme, murmure-t-il à l'un des paladins.

Le guerrier s'agenouille et lui baise les doigts.

*

Aux abords de Jérusalem, le géant décide d'une halte dans un khan où s'approvisionner en vivres et en eau. Il achète des galettes au thym, une gourde de vin, va s'installer à une table en pierre, dans la cour, à l'ombre d'un chêne vert, et t'invite à t'asseoir auprès de lui.

— Tu ne m'as pas demandé mon nom, dit-il avec une gentillesse amusée, sans t'adresser de reproche.

Il est temps de lui en donner un.

— Je suis Simon de Tours.

Et il ouvre sa besace.

— L'abbé de Clairvaux m'a ordonné de me joindre à cette expédition afin de l'assurer que ceux qui la mènent se montrent dignes de recouvrer le corps du Christ.

Le géant tire une épaisse liasse de parchemins ficelée d'un cordon de cuir qu'il délie, éparpillant les feuilles sur la table de pierre. Tu remarques que, parmi les notes qui y sont couchées à la plume, se trouvent de nombreux portraits, tant en pied qu'en buste, tracés d'un trait agile et fin.

— Si le vénéré Bernard m'a choisi pour cette mission, c'est que j'ai consacré ma vie à étudier les créatures selon la façon dont elles se comportent. Et à déceler lesquelles sont les enfants de Dieu et lesquelles des monstres qui n'en ont que l'apparence.

Tirant l'une des feuilles du tas, le géant te montre un dessin représentant un homme agenouillé en prière.

— Il faut épier chaque geste, chaque expression du visage, le moindre clignement de paupière, le plus infime fléchissement de la voix.

Il pose un doigt sur la bouche du pieux personnage qu'il a dessiné et le laisse glisser le long de la commissure des lèvres.

— Vois-tu cette légère ride, ce plissement de la joue ?

— Oui.

— Ce n'est point là un froncement de pénitence.

Tu écarquilles les yeux.

— C'est le rictus de la Bête.

Et le géant de t'exposer que bien des hommes n'en sont pas, à véritablement parler, bien qu'ils en présentent l'allure.

— Les chevaliers que nous avons rencontrés près d'Acre étaient de ceux-là. Des êtres sans cœur, ni âme. Sauf un, il me semble.

Il te présente maintenant une autre esquisse. Celle d'un individu mal vêtu, au corps malingre, au visage émacié sur lequel se lit un profond désarroi.

— Alors que toi…

Tu ne t'étais pas imaginé si racorni. Tes joues sont creuses, ton front ridé, mais ce sont tes yeux qui te font le plus peur. Grand ouverts, exorbités, ils ont la même fixité que ceux d'un aveugle. Pourquoi laisses-tu donc le géant te représenter tel que tu es devenu ? Et non dépeindre qui tu fus. Ou qui il te chanterait d'être.

— Je t'ai observé pendant que tu mettais fin aux souffrances du malheureux qu'ils torturaient. Ton dégoût de toi-même rayonnait comme une auréole d'or.

Le géant désigne tes yeux hagards, sur le dessin.

— Tu fais semblant de soutenir le regard de ta victime. Tu lui donnes l'impression de communier avec elle, tout en t'efforçant de ne pas la voir. De t'en éloigner le plus possible…

Et, te caressant le bras, il ajoute.

— … sans toutefois y parvenir.

Le géant te tend une galette au thym que tu dévores à pleines dents. Déjà le soleil baisse, enveloppant les collines de vapeurs ambrées.

— Regarde, dit-il.

Une cohorte déguenillée vient de déboucher des garrigues. Elle se dirige lentement vers le khan.

— Ce sont des Juifs, dit le géant.

Toi, tu les avais pris pour des spectres.

— Ils fuient les combats qui ragent autour de Jérusalem.

Tous ont le même regard farouche, la même maigreur effrayante.

*

Ils descendent des camions si docilement que les soldats ne hurlent pas, ni ne les frappent. Seuls deux bergers allemands aboient, postés de part et d'autre de l'allée qui mène aux baraquements.

Hommes et femmes en haillons avancent vers toi, tête baissée, dos courbé. Sauf l'un d'eux qui, le visage rougi par les feux du couchant, semble sourire.

Une femme trébuche. Bernstein lui donne le bras pour qu'elle s'y appuie. Il fait le prodigieux effort de lui adresser un sourire, un étirement des lèvres révélant une denture étonnamment blanche que le crépuscule rend plus luminescente encore. Il regarde autour de lui, cherche des repères, des indices. Il ne sait pas encore qu'il est en France, bien qu'il sente une douceur de l'air qui lui semble familière. Il se sent étrangement calme. Après les hurlements des locomotives, le vrombissement des camions, il jouit de la quiétude vespérale qui l'accueille ici.

Il est bien content d'avoir quitté Auschwitz.

Sur son bras, il sent la douceur frêle des doigts de la femme qu'il aide à marcher. Elle s'agrippe à lui sans serrer, d'une étreinte aussi légère que celle d'un moineau aux pattes fines. Son pas effleure à peine le gravillon de la sente qui mène à un bâtiment gris devant lequel se tiennent deux silhouettes, l'une longue et efflanquée, en habit de détenu, l'autre courte et ramassée, portant une blouse d'un blanc passé. Elles attendent patiemment sur le perron. Sans inspirer à Bernstein la terreur qu'il ressent depuis des mois. Ce sont elles, plutôt, qui se montrent inquiètes, crispées.

Bernstein pointe du doigt le bâtiment gris à la femme chancelante à son bras. Plus que quelques pas à faire. Tout ce temps il a gardé un maintien civil qui la rassure, avançant sans la brusquer. Si prévenant, si attentionné qu'il en a oublié sa propre angoisse, sa fatigue, et que le sourire courtois qu'il s'est efforcé d'adresser à sa protégée s'est figé sur sa face. Il approche, mâchoires serrées, bouche entrouverte, joues étirées au coin des lèvres, sans qu'aucun muscle ne bouge, comme s'il portait un masque de comédie antique.

Le soleil disparaît derrière les collines.

Pressés de rentrer à la base, les soldats se mettent à pousser les prisonniers, lançant des *schnell !* aigus, quoique sans hargne, comme le font des bergers conduisant un troupeau. Les coups qu'ils donnent du plat de la main ne font pas mal. Ils n'y vont ni du poing ni de la crosse du fusil. Ils ont reçu l'ordre de s'en abstenir, pour éviter d'endommager ces spécimens anémiques, débilités, dont l'ossature est friable.

À l'intérieur du bâtiment gris, il fait sombre. Les pieds butent sur des paillasses qui jonchent le sol. Une odeur fétide, de moisi ou de renfermé, surnage dans les effluves oxygénés d'un désinfectant de clinique qui fait tousser. Au moins, il ne fait pas froid et humide comme à Auschwitz.

Les spécimens se groupent instinctivement au centre de la salle, se blottissant les uns contre les autres. La femme qui s'accrochait à Bernstein relâche son étreinte, soutenue maintenant par la masse de tous ceux qui se pressent autour d'elle. Bernstein lui est reconnaissant de ne pas l'avoir remercié. Du bout du pied, il tâte la paille recouverte d'une toile de jute, prometteuse d'un sommeil comme il n'en a pas connu depuis le temps qu'il couche sur des planches de bois, dans les dortoirs des camps et les fourgons à bestiaux. Il se prend à songer au sommier surélevé, au matelas molletonné, aux draps parfumés de lavande du Belles Rives. Une image de sa suite surplombant la baie traverse son esprit comme une étoile filante et va se perdre dans la nuit.

La porte se referme en grinçant, sans qu'aucun ordre ne soit hurlé. Sans que l'on sache si l'on recevra enfin une portion de pain ou du moins à boire. Ou s'il faut se coucher et attendre jusqu'au matin. Déjà certains s'allongent sur les paillasses tandis que d'autres restent debout, encore un peu, au cas où quelqu'un apporterait tout de même de quoi manger.

*

À l'aube venue, un détenu déverrouille la porte de la baraque et, se postant à l'entrée, entame la distribution d'une pâte visqueuse qu'il prélève par poignées d'un cageot et dépose à même la paume de ceux, tendant le bras, qui défilent devant lui. À ses pieds, il a posé un seau d'eau. Un gobelet de métal est accroché à l'anse par une chaînette.

Lorsque arrive son tour, Bernstein reconnaît aussitôt l'homme qui se tenait hier sur le perron, aux côtés du nabot en blouse blanche. L'autre, qui semble également se souvenir de lui, marque une pause. Leurs regards se croisent, se cramponnent l'un à l'autre, se soudent. Faisant à Bernstein l'offrande d'une poignée de pelures moulues, le détenu lui murmure un discret “je vous en prie”.

L'un des Juifs, assez grand, plutôt élégant d'allure, s'approche du khan. Il avance d'un pas sûr, arborant un sourire qui te prend de court. Qui ne va pas du tout avec sa mise pitoyable, ses joues creusées par la fatigue. Un sourire qui irradie. Tu t'en abreuves comme à une source de lumière. Lui t'adresse un léger salut, ainsi qu'au géant. Tu ne l'as jamais vu auparavant. Et pourtant, tu crois percevoir une lueur de connivence dans son regard.

— Je fuis Jérusalem alors que vous vous y rendez, lance-t-il, sans daigner se présenter.

— Nos destins se croisent, dit le géant.

— Ils se croiseront à nouveau, lorsque tu fuiras Jérusalem à ton tour. Et que j'y reviendrai, clame le Juif avec une assurance qui t'étonne.

Son regard se pose sur toi tandis qu'il continue de s'adresser au géant. Il te fixe avec insistance, souriant toujours.

— Savez-vous comment nos érudits de Safed nomment les croisés ?

— Non, dit le géant.

— *Hatoym*. Ceux qui se trompent.

Le géant s'esclaffe et invite le Juif à s'asseoir.

— Je vous en prie, lui dis-tu d'un ton fort civil.

Et tu lui fais de la place sur le banc de pierre.

Ce personnage, tu savais qu'il apparaîtrait tôt ou tard. Il dormait en toi depuis longtemps. Entre vous, l'intimité est toute naturelle. Elle va de soi. Tu éprouves pour lui une attirance qui va bien au-delà de celle, affectueuse, qu'éveille en toi le géant. Les voilà qui bavardent tous deux, argumentant et délibérant dans la pénombre qui s'étend sur les collines.

Écriras-tu un jour ce qu'ils se disent ?

*

Des feux de brindilles et de racines sèches s'allument en crépitant parmi les garrigues. Les Juifs passeront la nuit ici. Tu les entends parler entre eux à voix basse. Il te semble que certains marmonnent des prières. Des prières qui vont droit vers les étoiles. Le ciel est si limpide, ici, la nuit si pure. D'une noirceur éclatante.

Tu y retrouves la même obscurité merveilleuse qui, la veille de Noël, illuminait les rêves de ton enfance. La même bienveillance des astres que soulignait une comète de papier argenté, accrochée au plafond de la chapelle paroissiale, au-dessus de la crèche et des santons.

Oui, c'est cela que ces Juifs te rappellent. Ils sont pour toi des souvenirs de catéchisme, les personnages d'un conte. Lointains et mystérieux. Mais pas lui. Cet inconnu dont le regard plein de douceur te pénètre l'âme.

*

Un cavalier débouche des sous-bois. Vêtu tout de blanc, il ne porte ni épée au flanc ni dague à la ceinture. Ses yeux gris scintillent dans la pénombre. De jeunes écuyers trottent à sa suite, serviles et propres. Dès qu'ils l'aperçoivent, les Juifs se figent. La clairière plonge dans un lourd silence. Tu remarques que le visage du géant se contracte.

Le cavalier semble tout d'abord ignorer la présence des hommes et des femmes qui campent aux abords du khan, blottis les uns contre les autres autour des feux de brindilles. Il laisse à ses pages le soin d'inspecter les lieux, puis les gens. L'un d'eux s'approche d'une femme, lui soulève le menton, l'examine à la lueur des flammes. Un autre toise un jeune garçon qui s'est levé, défiant. Le cavalier, resté en selle, fait signe qu'on lui amène la femme et le garçon. Son cheval sursaute brusquement, effrayé par une énorme silhouette qui surgit de la pénombre. Le géant, qui a bondi de son banc, avance à grand pas, brandissant le pli signé de Bernard de Clairvaux.

— Ces gens sont sous ma protection, clame-t-il d'un ton ferme.

— Je suis mandé par la couronne. Et non la mitre !

Le cavalier fait mine d'éperonner sa monture.

— Ôte-toi de mon chemin.

Le géant ne bouge pas d'un pouce. Déjà, les écuyers dégainent et l'entourent.

Une autre ombre approche, longue et maigre, celle-là. Elle tire le géant par la manche.

— Ignorez-le, murmure-t-elle doucement.

C'est le Juif qui était venu s'asseoir à ta table. Il l'a quittée sans que tu t'en aperçoives. Le géant lui obéit, s'effaçant avec une docilité qui te surprend. Tandis que le Juif, rejoignant déjà ses compagnons d'errance, s'enfonce dans la nuit sans que tu aies pu lui dire adieu.

*

Au moment où tu ramasses ton cageot vide et vas quitter le bâtiment, tu tombes sur Hirt et ses assistants. Tu as tout juste le temps de te plaquer contre la cloison pour les laisser passer. *Herr Professor* Hirt ne ralentit pas, ni ne tente de t'éviter. Il avance, le cou tendu, la tête haute. Ses yeux de glace ne semblent rien fixer de précis. Les aides et adjoints qui le suivent, nuque raide, bras le long du corps, règlent leur allure sur la sienne, glissant sur le plancher sans le faire craquer. Ils ont l'air d'apparitions dans leurs blouses d'une blancheur impeccable que la pénombre rend luminescente. Hans ferme la marche.

Il tient un bloc-notes à pince qu'il feuillette nerveusement.

Le nain attrape une main au hasard, comme pour la serrer. Il la retourne, compare le chiffre tatoué sur l'avant-bras avec ses fiches, coche d'une croix le formulaire d'expédition. Ce recensement prend une bonne dizaine de minutes pendant lesquelles tu te fais tout petit, ne trouvant pas le moyen de sortir de la baraque sans te faire remarquer. Hans vient se planter devant Hirt et l'informe que, mis à part trois personnes décédées durant le transport, le compte y est.

L'un des auxiliaires s'approche d'une femme. Il lui soulève le menton, lui tâte les mâchoires, les tendons du cou. Tu reconnais celle, chancelante, épuisée, qui se tenait au bras de l'inconnu au sourire de comédien grec. La voilà confrontée à un tout autre sourire, affreux et grimaçant, qui te révulse. Tu en trembles de rage. Quelqu'un pose sa main sur ton épaule, pour te calmer. Tu sais que c'est sa main. Celle du comédien grec.

— Laissez, murmure-t-il tout bas.

Hans referme le bloc-notes.

— Tout est en ordre, *Sturmbannführer*.

— Bien, dit Hirt. Préparez-les pour demain matin.

Une fois la porte de la baraque refermée, les spécimens s'agitent comme des jouets reprenant vie dès que les enfants s'endorment. Ils marmottent et gesticulent. Ils chahutent. Bernstein les regarde d'un air désolé.

L'un d'eux remarque la présence du détenu au béret de toile grise, plaqué contre le mur, tenant son cageot vide. Il le pointe du doigt, l'invective, le presse de questions en une langue inconnue. Bernstein le fait taire et s'avance.

— Bernstein, dit-il.

— Delmain.

— Ils veulent savoir ce qu'il va leur arriver, dit Bernstein en français, certain d'être compris.

Delmain hésite. Que dire à celles et ceux que quelques heures seulement séparent de la mort ? La vérité créera la panique. Mentir sera faire le jeu des nazis.

— Je l'ignore, dit Delmain.

Bernstein se retourne vers les spécimens, haussant les épaules, la mine navrée. La plupart semblent dupes. Mais Bernstein voit bien que certains sont atterrés. Leur sort est-il donc si effrayant que ce détenu n'ose le leur révéler ?

— Je ne leur dirai rien, chuchote Bernstein.

— Vous serez tous gazés cette nuit, lui souffle l'autre tout bas.

Le calme revient peu à peu, faisant place à un lourd silence que seuls troublent quelques chuchotements timorés, à peine perceptibles. Parler trop fort serait risquer de se faire remarquer par la mort.

— Ils nous ont trimbalés de si loin pour nous tuer ? demande Bernstein.

— Ce sont vos corps qu'ils veulent.

— Vont-ils donc les empailler comme des trophées de chasse ?

Le ton railleur de Bernstein dérange Delmain.

— Non, ils vont les dépecer, assène-t-il sèchement.

— Pour admirer nos ravissants organes ? demande Bernstein, revoyant tout d'un coup les salles du musée de Cluny, celles où sont exposés les reliquaires avec des cheveux, des ongles, des lambeaux de peau de martyrs, des orteils de saints.

Il se remémore le retable au coin duquel un jeune page tenant des lévriers lui avait souri. Et aussi le visage austère de Bernard de Clairvaux, sur un vitrail, que lui cachait à moitié le chignon châtain, trop serré, d'une jeune femme de la Résistance.

— Non, c'est pour vos squelettes, dit Delmain, avec une âpreté dans la voix qu'il regrette aussitôt.

Bernstein encaisse la nouvelle placidement, laissant un coin de lèvre se soulever en un léger rictus puis retomber. Durant ce court silence, les deux hommes laissent à nouveau leurs regards prendre la relève des mots.

Delmain scrute le visage de son interlocuteur à la recherche de l'émotion qui l'anime, n'y décelant pas la lueur hagarde qui lui est si familière, la brillance lointaine de ceux qui vont mourir. Mais une douceur triste. Un mince voile lui embrume à peine les yeux, laissant scintiller une lueur qui refuse de s'éteindre. Et qui n'est pas une lueur d'espoir, ni de compassion. Plutôt le rai de joies passées, d'amours vécus, de temps à jamais révolus.

Cette tristesse, Bernstein la savoure. Il s'y cramponne. Elle est son dernier retranchement. Elle lui évite d'avoir peur. Il s'étonne, une fois encore, du cran avec lequel il affronte son malheur. Et de comment la souffrance des autres l'afflige bien plus que la sienne propre. Comme celle de ce détenu au calot gris qui va pourtant lui survivre, mais dont la face est rongée par quelque chose qui le torture en dedans, une détresse insondable qui lui distord les traits.

Les deux hommes s'observent de longues minutes, ne sachant quoi se dire. Ne trouvant ni les mots qui réconforteraient, ni ceux qui exprimeraient ce qu'ils éprouvent l'un pour l'autre. Du respect ? Une appréciation mutuelle ? Un sentiment de fraternité ?

C'est Bernstein qui adresse un regard de commisération à Delmain. Alors que Delmain ne parvient pas à s'apitoyer sur le sort du condamné qui se tient devant lui. Peut-être parce que ce sort est scellé de toute manière. Et qu'après ce soir, Bernstein n'aura plus besoin de lutter. D'endurer la faim, ni les coups. Il sera libre. Delmain a l'impression que Bernstein le regarde déjà de là-haut. Troublé par la mansuétude de cet inconnu, la chaleur qu'il lui prodigue, il manque de s'incliner pour lui quémander sa bénédiction. Un homme dont la mort est imminente inspire de la déférence. Delmain, qui en a achevé des dizaines, est bien placé pour le savoir.

Tu continues de te taire. Sans oser bouger, sans oser partir. Bernstein étant celui qui va être gazé d'ici quelques heures, tu lui laisses la préséance pour user du droit de parole et décider de quand clore l'entretien. Ce en quoi, à ton grand soulagement, il t'oblige.

— Vous êtes de Paris ? demande-t-il.

— Oui. J'habite le 6e, pas loin de l'Odéon…

— Nous sommes voisins. Enfin, pas loin, dit Bernstein.

— Vraiment ?

— Quai de l'Horloge.

Vous parlez du quartier. Vous échangez des adresses. Celle de l'écailler, rue Jacob. Celle du bougnat de la montagne Sainte-Geneviève, dans la petite rue transversale.

— Rue Saint-Étienne-du-Mont ?

— Oui, c'est ça !

— Celui qui distillait lui-même son absinthe !

— Et La Coupole ? Y déjeuniez-vous parfois ?

— Parfois.

Dans ta caboche résonne aussitôt une musique de bastringue, nasillarde, sautillante, aux sons de laquelle dansent des garçons, plateaux levés à bout de bras, et des clients qui entrent et sortent sans cesse. Une ritournelle de guinguette que rythment le cliquetis des couverts, le rire des femmes, les bruits qui viennent du boulevard. Tu revois la salle bondée, toujours comble, qu'embrument la fumée des cigares, les vapeurs d'eau de toilette et de parfum, les effluves qui viennent des cuisines. Là-bas, près de la colonne peinte par Latapie, tu aperçois un monsieur élégant, solitaire et discret, qui déguste des huîtres. Il semble attendre quelqu'un.

Qu'as-tu commandé ?

Assis devant une carafe de bourgueil, tu griffonnes des notes sur un calepin. Ce n'est pas un brouillon. Mais plutôt des sondes que tu lances, pour mesurer la profondeur du silence.

Un bœuf gros-sel atterrit sur la table.

— Merci, dis-tu à personne de précis.

Le garçon est déjà reparti, emportant tes visions dans le tourbillon de sa course.

— Pourquoi êtes-vous ici ? entends-tu dire.

— Communiste, déclares-tu non sans fierté.

Nul n'est besoin de demander à ton interlocuteur pourquoi il est ici.

— Ah, communiste…, dit-il, ignorant ton silence gêné.

Il a l'air un peu déçu.

— J'ai une parcelle réservée au cimetière du Montparnasse, vous savez ?

Tu opines du menton.

— Une concession à perpétuité.

Tu cherches à déchiffrer le rictus qu'il t'adresse. Ce sourire qui n'en est pas un. Cette torsion de la lèvre, à la fois tragique et amusée, de clown désolé.

— C'est dommage tout de même, ne trouvez-vous pas ? susurre-t-il.

— Oui, lui réponds-tu.

Et puis vous vous taisez.

Il te serre la main, te congédiant enfin. Vos regards se croisent une dernière fois, puis il va rejoindre les autres dont les silhouettes s'estompent dans l'obscurité qui envahit maintenant la baraque.

Tu sors et, sans te retourner, tu refermes la porte sur eux.

Lorsque tu te réveilles, aux aurores, les Juifs ne sont plus là. La vallée est déserte. Un silence serein règne sur le khan. À part toi, il n'y a que le géant qui soit levé. Les autres voyageurs sont encore assoupis. Le géant remplit la gourde, passe la courroie de sa besace à l'épaule et, sans plus attendre, se met à trotter d'un pas vif. Il ne faut pas tarder. Vous avez un long chemin à faire. Tu t'aperçois que tu n'as rien à ramasser en guise de bagage, pas même un baluchon. Tu marches les mains vides.

À l'orée des garrigues, le sentier se fait plus abrupt, grimpant jusqu'à une crête d'où la vue s'étend sur la Judée dont les collines rases baignent dans la brume matinale. Un oiseau traverse le ciel, volant droit vers le soleil qui pointe à l'horizon.

— Quelle belle journée, dit le géant en souriant.

*

Tu t'étonnes d'avoir dormi d'un sommeil si profond.

Si le nain n'était pas venu te secouer, tu dormirais encore. Dans la clinique, il fait sombre. Filtrant par les embrasures, la lumière de l'aube se répand sur le plancher en traînées pâles. Les patients ronflent, halètent, gémissent sans que l'on sache lesquels dorment, lesquels sont éveillés, lesquels délirent. Il est rare d'en entendre hurler. À qui crieraient-ils leur douleur ? Dans les salles de laboratoire, il y en a qui glapissent et gueulent comme des bêtes. Mais jamais bien longtemps.

Hans ne te dit mot sur les gazés de cette nuit. Tout a dû se passer sans problème. Les dépouilles ont sans doute été évacuées sur-le-champ et emmenées par camion, comme prévu. Elles seront traitées chimiquement à Strasbourg.

Tu te souviens des bocaux du Muséum d'histoire naturelle, au bout du Jardin des plantes, où des fœtus et des reptiles nageaient dans un fluide jaunâtre. Il y avait, dans un flacon de verre au bas d'une vitrine, une salamandre dont les branchies restées déployées semblaient frémir. Et puis, plus loin, sur des étagères de bois verni, des carcasses d'oiseaux et de rongeurs, de faons et de lapins, qui dansaient la ronde autour d'ossements de dinosaures et de baleines aux mâchoires grandes ouvertes. Dans une salle à part, un peu avant la sortie, se trouvait la galerie des humanoïdes, en annonce de la pièce maîtresse : un squelette de jeune homme au crâne luisant de cire. Comment confectionne-t-on un squelette ?

Tu as du mal à te faire à l'idée qu'ils flottent en ce moment dans un bassin de formol, ces visiteurs d'un soir. Ces hôtes de passage. Sans ta rencontre avec Bernstein, tu douterais de leur existence. Ils se comportaient comme des ombres, après tout. Et ils ont disparu sans laisser de trace.

Non, non ! Il ne faut pas les laisser s'évaporer comme ça dans les limbes. Ils sont bien venus ici, au Struthof. Tu les as dévisagés l'un après l'autre lorsqu'ils sont entrés dans le camp. Tu as écouté leurs chuchotements effrayés. Tu les as nourris comme des bêtes. Et tu as serré la main de l'un d'eux, senti la chaleur de sa peau au contact de la tienne. Tu t'accroches désespérément à l'image qu'il te reste de lui, à ses traits demeurés fins et élégants, à ses yeux où brillait une lueur faible mais encore scintillante.

*

Hans te fait signe d'approcher. Il chuchote nerveusement.

— Il va falloir vous faire tout petit, ne pas vous faire remarquer. Ils n'ont plus besoin de vous, vous comprenez ?

Tu acquiesces.

— Je vais vous préposer à l'entretien de la salle d'anatomie. Vous allez vous enfermer dans le cagibi des désinfectants et n'en sortir que la nuit, une fois tout le monde parti, pour laver la table de dissection et nettoyer le carrelage.

Tu aimerais savoir pourquoi le nain te prend sous sa protection. Mais le lui demander, c'est risquer de l'embarrasser. Ou même de l'ébranler dans sa résolution. Te venir en aide soulage probablement sa conscience. Et lui offre une revanche sur Hirt, qu'il déteste.

Le nain promet de t'apporter de la nourriture. Pas tous les jours, mais le plus souvent possible. De l'eau, il y en a au robinet de l'évier dans lequel le personnel se lave les mains. Ce qui te permettra de te décrasser de temps à autre. Avec du savon ! Tu ne pourras déféquer qu'au moment du ménage, dans la rigole d'évacuation du sang et des déchets. Si jamais quelqu'un ouvre la porte du cagibi, tu te rendras sans résister. Et sans trahir *Herr* Hans. C'est juré.

*

— Crois-tu en Dieu ? dit le géant.

Il te demande ça à l'improviste, au bout de plus d'une heure de marche durant laquelle, attentifs au bruit de vos pas sur la rocaille, au bruissement des feuilles, au chant des grillons, vous avez tous deux gardé le silence.

— Plus maintenant, réponds-tu.

Le géant ne cherche pas à savoir pourquoi. Il continue d'avancer à grandes enjambées que tu peines à suivre.

— As-tu foi en l'homme, alors ?

— Les hommes savent quelque chose que Dieu même ignore, lances-tu, tout haletant.

Ta voix est secouée par le choc de tes pieds sur la terre sèche. Alors que la sienne est douce et sereine, comme d'habitude.

— Que savent-ils donc de si capital ?

Ta réponse est prompte, assurée. En la prononçant, tu revois le visage fin du Juif que vous avez rencontré la veille, à l'étape.

— Ce que c'est que de devoir mourir.

Le géant hoche la tête puis se tait à nouveau.

Vous marchez jusqu'à la tombée de la nuit. Une nuit noire, sans la moindre étoile…

*

… sans la moindre brise.

Dans le noir, seuls les mots te tiennent compagnie. Ceux que te murmure le géant, ceux que tu couches sur le néant de ton âme. Tu te permets le luxe des bons souvenirs, te berçant d'un espoir à l'envers, tout entier tourné vers le passé. Tu fredonnes de vieux airs, tu récites des poèmes que tu croyais avoir oubliés.

Tu laisses désormais les visages de ta femme, de tes enfants, t'apparaître. Sans les repousser, laissant gazouiller dans ta tête leurs petites voix aiguës, lointaines, chantantes, pour échapper au volettement incessant de tes pensées, aux martèlements de ton cœur, aux hurlements qui, durant la journée, te parviennent du dehors. Tu perds le compte des jours et des heures.

Tu divagues, saoulé par le manque d'air.

Le soir venu, tu sors du cagibi. Tu pousses des morceaux de chair avec un balai-brosse jusque dans la rigole d'évacuation. C'est tout ce qu'il reste de ceux que Hirt et ses assistants ont disséqués. Après chaque séance, les cadavres estropiés sont emmenés pour être incinérés.

Tu as essayé de conserver quelques fragments dans une vieille boîte en métal qui traînait au fond du débarras. Mais les odeurs de décomposition t'en ont vite découragé. À la place, tu as gratté des noms sur une planche, des noms imaginaires que tu as donnés à tous ces morts, jour après jour.

*

Au fur et à mesure que le soleil monte dans le ciel, la chaleur se fait plus oppressante. Vers midi, vous faites halte à l'ombre d'un olivier. Simon de Tours te tend la gourde puis ouvre sa besace. Il en tire un missel qu'il pose sur ses genoux, sans dénouer les lanières qui le tiennent fermé. La peau de truie qui en recouvre les ais est estampée d'une croix. Plantés aux quatre coins du plat, de gros clous argentés évoquent ceux de la crucifixion.

Le géant ouvre le missel, le feuillette, pose le doigt sur un passage. Tu entends le son de sa voix, comme de loin, confuse, chevrotante. Il bégaie, il bafouille. Ce qu'il dit n'a aucun sens. Il tremble. C'est comme si le frémissement de ses lèvres se propageait à tout son corps. Sa silhouette se fait floue, délitée par la canicule. Sa tête fond. Il se vide de ses entrailles. Ses mains se détachent des bras, virevoltant vers les buissons.

Il se disloque, membre après membre, jusqu'à ce que tu ne voies plus de lui que son cœur, sanguinolent, tombé à terre, palpitant dans la poussière du chemin. Tu te baisses pour le ramasser. Tu le sens qui bat encore, dans le creux de ta main.

Tu aperçois le missel, resté grand ouvert, posé sur une borne de pierre. Tu le refermes.

Hans est venu te prévenir que le camp va être évacué. Les prisonniers partiront à pied pour l'Est, menés par des soldats. Le personnel médical sera transporté par camion. Hirt et les SS plient déjà bagage.

— Je ne peux plus rien faire pour vous, dit le nain, te tendant un quignon de pain.

Et il te quitte sans même refermer la porte du débarras.

Tu restes blotti parmi les seaux et les balais jusqu'à ce que la faim te pousse au-dehors. Tu découvres que le camp n'est pas abandonné. Des miliciens s'y sont installés après le départ des Allemands. Durant la journée, tu couches du côté de la carrière de granit, dans des renfoncements de la roche. Tu n'en sors que la nuit. Tu manges des détritus, des racines.

Tu deviens un rat.

*

Le géant accélère l'allure. Il se montre exalté, plein de fougue, alors que tu es à bout, épuisé, prêt à te laisser tomber à terre et mourir. Le voilà qui grimpe une butte pierreuse avec l'agilité d'un chamois et écarte grand les bras comme s'il allait embrasser le ciel. Sa jubilation t'enhardit assez pour que tu te hisses jusqu'à lui, puisant dans ce qu'il te reste de forces.

— Regarde, Jérusalem !

Du haut de la butte, aveuglé par une lumière dorée, éclatante, tu ne distingues que des formes vagues qui oscillent au loin comme des mirages sur le sable du désert, tournoyant dans un ondoiement de coupoles et de tours qui te donne le vertige.

Tes jambes lâchent.

*

Au moment où tu vas t'effondrer, une ombre s'interpose entre toi et les dards de la canicule. Elle te semble gigantesque. Elle t'agrippe par le bras. Lorsqu'elle se penche vers toi, laissant la lumière de l'aurore t'éblouir à nouveau, tu redresses la tête.

— *Let me help you.*

Celui qui te parle se tient à contre-jour. Son casque arrondi de GI brille au soleil comme un dôme.

Les premiers mois ont été difficiles, avec Laurence, les enfants. Et tous les autres. À cause des silences. Mais maintenant, tu sors de ta coquille. Tu arrives à embrasser, à caresser. À écouter. Et eux, ils ont appris à te rendre tes caresses.

Le géant, lui, semble t'éluder. Il se cache. C'est comme s'il avait refusé de te suivre hors du camp. Ou est-ce toi qui n'as pas voulu qu'il vienne ? Son visage ne surgit encore ici et là, parmi tous ceux qui te hantent, que parce que tu as songé à en faire un personnage de roman. Tu as entrepris des recherches à la bibliothèque sur la deuxième croisade, sur les géants, les ogres, les titans. Tu es même allé au musée de Cluny pour y voir les tapisseries médiévales et les retables. Tu y as bravé les regards de manants et de barons, de serfs et de dames de cour, aux yeux sans vie qu'une touche de blanc sur la prunelle tente d'animer. Tu y as affronté les visages blêmes des statues. Tu t'es penché sur les ivoires dévots aux corps exsangues, gisant dans les vitrines. Et les émaux

aux reflets lunaires qu'adorait Huysmans. Tu as erré parmi les salles désertes, t'abandonnant à leur silence, leur froideur, marchant d'un pas ferme, au rythme du frappement de tes talons sur les dalles. Arrivé devant un portrait en vitrail de Bernard de Clairvaux tenant un livre, tu t'es souvenu du cistercien du Struthof qui t'en avait fait le panégyrique et raconté le départ pour la deuxième croisade. Tu as revu son corps tailladé qui respirait encore, les bras tendus vers toi, te touchant presque. Terrifié, tu t'es mis à courir à travers le dédale des galeries, jusqu'à la sortie.

*

Dehors, un soleil radieux t'attendait. Tu as remonté le boulevard Saint-Germain jusqu'à la rue de l'Échaudé, déambulant sans autre but que celui de sentir la douceur de la brise sur tes joues. Tu as ralenti l'allure, regardé les devantures des pâtissiers et des libraires, les gens assis aux terrasses des cafés, les voitures qui glissaient sur le macadam. Tu as eu le sentiment que ta peur te quittait.

De fait, tu n'as pas été pris de panique lorsque, dans la vitrine d'une galerie d'art, tu as aperçu une coulée pâle, aux contours noueux, qui a brisé d'un coup l'enchantement qui berçait ta peine. Elle figurait un cadavre, terne, émacié, comme tu en avais tant vus. Tu en as examiné le délinéament, les membres convulsés, la grimace, en expert. Pas mal, t'es-tu dit, te demandant si l'artiste avait connu lui aussi les camps nazis pour avoir donné au cadavre une blancheur si brutale.

Et tu as gardé tes esprits en découvrant plus bas, à gauche, sous la signature, les mots :

À Paul Bernstein, en sincère hommage.

*

Tu n'es pas entré dans la galerie. Le sujet lugubre de l'aquarelle t'en a découragé. Il t'a déçu, pour tout dire. Tu te serais attendu à ce que Bernstein ait des goûts plus flamboyants.

Au lieu de quoi, tu as tourné les talons et tu es allé à La Coupole, pour des huîtres. Tu t'es assis au fond. Tu as imaginé avoir rendez-vous avec Bernstein, pour déjeuner. À un repas qu'il t'aurait offert et à la fin duquel tu lui aurais dédicacé ton dernier livre. Il est venu s'asseoir à son tour. Te saluant froidement, sans même un sourire. Tu t'es senti gêné, timide. Tu n'as pas éprouvé l'amitié si pure, si spontanée, qui vous avait unis là-bas pour un soir. Et lui s'est montré réservé, comme s'il t'avait invité seulement par politesse. Vous avez parlé d'un tas de choses, sans discontinuer. De crainte qu'un silence navrant s'installe entre vous. Vous n'aviez rien à vous dire.

*

Tu tiens le journal pour te donner une contenance en attendant les huîtres. Tu y jettes même un coup d'œil. "Nous ne devons nous orienter ni vers l'Ouest ni vers l'Est", a déclaré ton chef de file, Maurice Thorez. Le ministre Jules Moch inaugure aujourd'hui la ligne aérienne Paris-New York. Johann Pauls, le commandant des gardiens du Struthof, sera pendu demain, à Gdansk. Gino Bartali est en tête du tour d'Italie.

— Voilà, monsieur.

Le garçon dépose ton plateau d'huîtres sur la table. Tu refermes le journal et avales une gorgée de chardonnay.

*

Laurence sait comment s'y prendre. Elle a réussi à t'emmener faire un tour en barque sur l'étang du bois de Boulogne. Tu l'empêches de prendre place sur le banc du milieu, retroussant déjà tes manches tandis qu'elle va s'allonger à l'avant. Tu ne veux pas qu'elle rame. Tes bras sont moins grêles. Et tu ne t'essouffles plus aussi vite sous l'effort. C'est aussi un peu pour ça que tu as accepté de venir. Pour te prouver que tu allais mieux.

Tu empoignes les manches de bois avec une vigueur exagérée, en frimeur, frappant l'eau d'un hardi coup de pale qui éclabousse Laurence. Vous éclatez de rire.

Maurois est de retour en France, lis-tu dans le journal. En rentrant chez lui, à Neuilly-sur-Seine, il s'est désolé que sa collection de livres ait été razziée. "Ne trouvant pas l'homme, la Gestapo a pris la bibliothèque", a-t-il dit. De quoi se plaint-il ?

Tu considères qu'on lui fait plus d'honneurs qu'il n'en mérite. Lorsque tu es revenu du Struthof, tu n'as pas eu droit à tant de battage. Ce qui s'est passé là-bas, personne n'a voulu en parler. Pas même toi. Tu n'es pas jaloux, non. C'est simplement que tu ne comprends pas pourquoi Maurois défraie tant la chronique. Les deux-trois trucs que tu as lus de lui t'ont barbé. Sauf *Le Peseur d'âmes*.

Duncan MacDougall, un scientifique américain du début du siècle, a affirmé que la masse de l'âme était de vingt et un grammes. Il a pesé six moribonds avant et après leur trépas, constatant un infime écart de poids qui, d'après lui, ne relevait d'aucune cause biologique. C'est de cette théorie farfelue que s'inspire le seul bouquin de Maurois qui t'ait plu. Un bouquin que tu as lu bien avant la guerre et ta captivité. Bien avant de sentir, au bout de tes doigts, la gorge des mourants palpiter et leur vie se dissiper dans un râle. Tu as en effet perçu, dans leur dernier souffle, quelque chose de plus dense que l'air. Un effluve chargé de rancunes passées, de joies auxquelles renoncer, de désirs inassouvis, se dégageant de leur corps en une bouffée amère. C'est cette vapeur, cette ultime exhalaison que tente de capturer le docteur James dans le roman de Maurois.

Hirt et ses assistants ont-ils aussi constaté une telle émanation ? Si oui, ils n'en ont pas fait grand cas. Seuls les corps les passionnaient, les spasmes, les convulsions, les trémulations des muscles et des nerfs. C'est pour cela que tu as tout fait pour échapper au tien. Que tu n'en voulais plus. Il pesait à peine quarante kilos lorsque le camp a été libéré. Encore un peu et tu en aurais été débarrassé.

Hans avait horreur du sien. "De taille anormale", disait-il en imitant le ton de voix des médecins qui l'avaient examiné au sortir de l'enfance. Si tu en as fait un géant couvert de pustules et de balafres, c'est que les héros de tes romans font preuve d'une bravoure inversement proportionnelle à leur allure rebutante. Il faut que leur grandeur, pour être véritablement grande, soit cachée, enfouie sous des couches de laideur et de bassesses. Pour toi, pas de valeureux à la poitrine bombée, couverte de médailles. Pas d'anciens combattants ventripotents. Les vrais braves sont ceux qui périssent. Ils se libèrent de leurs corps.

Le tien, qui te gêne jusqu'à ce jour, a bien du mal à porter les vingt et un grammes de ton âme.

Le président de la République inaugurera aujourd'hui, au Louvre, l'aile des antiquités orientales. Le quatrième prix de la Pléiade a été décerné à Jean Genet. Par décret en date d'hier, le 27 juin 1947, Émile Salomon Herzog est autorisé à changer d'identité et prendre officiellement son nom de plume, André Maurois.

Tu poses le journal sur la table de la cuisine et vas éteindre le gaz sous la bouilloire qui siffle.

Tu t'es prescrit une routine. Tu te lèves tous les jours à la même heure, que tu aies bien dormi ou pas, avec interdiction formelle de te recoucher. Tu descends faire quelques pas dans la rue et acheter le journal. Tu vérifies s'il y a du courrier dans la boîte aux lettres. En remontant, tu vas embrasser Laurence. Peu importe où elle se trouve, encore au lit, à la salle de bains, à la cuisine. Tu t'assieds à ton bureau tous les après-midis. Pas forcément pour écrire. Tu restes souvent à rêvasser en regardant par la fenêtre ou bien les reflets du soleil sur le parquet. Tes yeux se fixent parfois sur un motif du papier mural, jusqu'au soir.

Tu ne tentes plus d'esquiver tes fantômes. Tu les laisses venir à toi. Même Hirt dont tu te demandes ce qu'il est devenu. C'est le visage de la jeune femme que tu as achevée après le premier essai de fonctionnement de la chambre à gaz qui t'apparaît le plus souvent. Un visage doux, qu'aucune grimace, aucune convulsion, n'était venue distordre pendant que tes mains lui broyaient la gorge. Un visage aux traits fins, qui te rassure. Ses yeux, rendus vitreux par la brûlure des sels cyanhydriques, ne fixent rien. Elle ne te voit pas.

*

Il t'arrive de prendre un café avec Bernstein, en terrasse. Jamais chez toi, à la maison. Ni chez lui, d'ailleurs. Tu lui parles, les yeux baissés sur tes chaussures. Tu n'es pas sûr qu'il t'écoute. Mais absolument certain qu'il t'observe, attentif à tes moindres moues.

L'autre jour, tu as avoué ne pas aimer l'aquarelle que Nathalie Gontcharova lui avait dédicacée. Tu as été surpris qu'il ne te contredise pas. Son silence t'a semblé approbateur. Tu t'es excusé de ne pas l'avoir achetée. Et de ne pas même avoir cherché à en apprendre la provenance. Tu n'as pas voulu importuner le vendeur, as-tu dit.

Bernstein ne t'a pas cru, tu le sais.

Est-ce parce qu'il est vexé que tu ne l'as pas revu depuis ?

*

À Gdansk, au procès, pendant plusieurs semaines, d'anciens détenus défilent à la barre des témoins. Tu as refusé de te présenter, prétextant des ennuis de santé. Les principaux accusés sont condamnés à mort et promptement exécutés. Leurs noms te sont familiers. Tu te souviens de l'uniforme que chacun d'eux portait, des insignes qui y étaient épinglés, des boutons qui scintillaient à la lumière des projecteurs. Les autres prévenus reçoivent des peines d'emprisonnement. Tu ignores selon quel barême elles sont fixées. *Herr* Hans écope de quatre ans de prison. Beaucoup, demeurés introuvables, sont jugés par contumace.

Témoins et enquêteurs commencent à lever le voile sur les expériences médicales et à parler de la "clinique". Hans a-t-il parlé de toi pour obtenir la clémence du tribunal ? Ne t'a-t-il pas sauvé la vie ? Toi, qui n'as sauvé celle de personne.

Laurence, qui lit aussi le journal et suit le déroulement des audiences, te regarde autrement ces temps-ci. Comme de loin. Tu as le sentiment de lui faire un peu peur. Lorsqu'elle te prend la main, c'est la sienne qui tremble.

Hier, tu as revu le géant.

Tu l'as suivi dans le dédale des ruelles qui mènent au Saint-Sépulcre. Il marchait d'un pas sûr et allègre. Des gosses couraient derrière lui en hurlant de plaisir, épatés par sa taille si énorme qu'elle obstruait la voie aux passants venant en sens inverse, les forçant à se plaquer contre les murs. Il les saluait tous aimablement, leur demandant pardon avec son sourire d'enfant. À un moment, il s'est tourné vers toi, interrompant sa course, comme surpris de te voir. Puis a repris son chemin.

Il ne t'a pas reconnu.

Au moment où tu allais tenter de le rattraper, les passants t'ont encerclé, dansant autour de toi une macabre sarabande. Ils n'avaient ni peau, ni visage. Ils t'ont entraîné dans leur tourbillon. Jusqu'au mont des Oliviers où tu as gambadé avec eux parmi les tombes. Ils semblaient heureux de ta présence.

Eux t'avaient reconnu.

Ils ne se sont dispersés qu'à l'aube, partant vers les collines au hasard des chemins encore déserts, te laissant seul au milieu des morts. Tu as lu quelques noms gravés dans la pierre des sépultures, quelques dates. Et là, une inscription en vers tirée d'un psaume.

Le soleil a commencé son ascension au ciel. Et une femme enveloppée d'un châle noir est apparue. Tu l'as vue se pencher au-dessus d'un tombeau. Tu l'as entendue marmonner une courte prière. Puis elle s'est mise à parler doucement, avec tendresse. Et à caresser la dalle brûlante, ondulant à ses pieds dans la chaleur.

*

Ce matin, aussitôt levé, tu t'es rendu au cimetière de Montparnasse. Tu y es entré par le portail qui donne sur le boulevard Edgar-Quinet. Au bout de la grande allée, tu as tenté de deviner laquelle des parcelles encore en friche était celle dont Bernstein avait acquis la concession. Tu t'es planté au hasard devant l'une d'elles, mains croisées, dos légèrement courbé, en une sorte de contrition. Tu t'es souvenu de ses paroles. De son étrange sourire.

— C'est dommage tout de même, ne trouvez-vous pas ?

Tu t'es adressé à lui, en chuchotant, sur le même ton convenable, entendu, que celui de votre conversation dans la baraque du camp.

Et cela t'a fait du bien. Tu as compris qu'il te fallait un corps, au lieu de tous ces spectres, de ces visages flottant dans l'éther. Une dépouille à pleurer, une tombe sur laquelle te recueillir. Et où ensevelir ton tourment.

Et puis tu as quitté le cimetière, coupé par la rue Huygens, remonté le boulevard jusqu'à La Coupole.

Tu as commandé une escalope normande. Et une carafe de bourgogne. Tu as senti la consistance de la viande sous la lame de ton couteau. Tu en as anticipé la saveur avec délice, tournant chaque morceau de chair dans la crème avant de le porter à ta bouche. Cela faisait longtemps que tu n'avais pas mangé avec autant d'appétit. En goinfre. La nappe et ta serviette en étaient pleines de taches. Alors que ton assiette, nettoyée jusqu'à la dernière miette, était aussi immaculée que si elle était sortie de la plonge.

Au café calva, tu étais un peu ivre. Tu as regardé la salle, les gens qui mangeaient, bavardaient, prenaient place, se levaient, les garçons qui allaient et venaient. Tu leur as été reconnaissant de tourner ainsi autour de toi, de se mouvoir, de piailler, de t'ignorer.

*

En sortant, tu as pris par le jardin du Luxembourg et le Panthéon pour atteindre la montagne Sainte-Geneviève. Tu es passé devant le bougnat de la rue Saint-Étienne-du-Mont qui distille lui-même son absinthe. Et puis tu es redescendu en direction du quai de Conti. En arrivant au coin de la rue de Seine, tu as fait un crochet pour ne pas passer devant la galerie d'art. Tu as arpenté le quai de l'Horloge, tentant de deviner dans lequel des immeubles cossus à hautes fenêtres avait habité Bernstein. Tu t'es demandé à laquelle de ces fenêtres il se tenait accoudé, lors des soirées d'été, pour contempler les reflets du soleil couchant sur le fleuve, leur caresse orange le long des bâtiments du quai de la Mégisserie, juste en face, sur la rive opposée. Tu l'as imaginé se penchant un peu plus en avant pour regarder le Pont neuf s'enfoncer lentement dans la nuit.

Et puis tu es allé t'asseoir à la pointe de la presqu'île du Vert Galant. On s'y sent comme à la proue d'un navire. Tu aurais bien versé une larme, si tu étais revenu du cimetière où était enterré un vieil ami. Et si tu étais passé ensuite par les coins où vous déambuliez ensemble. Mais ce n'était pas le cas.

Tu avais la tête ailleurs, ce matin, songeant à aller vivre à la campagne, dans un coin isolé avec un immense terrain et pas de voisins à des hectares à la ronde. Laurence n'aimerait pas ça du tout. Et les enfants, n'en parlons pas ! Tu prendrais un chien, un labrador, avec lequel faire de longues marches à travers bois et prés. Par tous les temps.

Du coup, tu en as oublié de pratiquer le détour qui t'évite de passer devant la galerie. Lorsque tu as aperçu la devanture, il était trop tard. Le Gontcharova était là. Invendu. Il t'a paru moins brutal, cette fois. Moins ingrat. Au point de te demander pourquoi Bernstein s'en était débarrassé. Des dettes, peut-être. De jeu ? Ou une faillite.

Tu es entré.

Le galeriste a sorti l'aquarelle de la vitrine et l'a posée sur un petit chevalet pour que tu puisses l'examiner à ton aise. Il s'est tu tout le temps que tu as laissé tes yeux suivre les traits du pinceau, flâner parmi les couleurs, se froncer pour mieux voir les détails. Il a probablement vu que tu t'attardais longuement sur la dédicace.

— Cette aquarelle est la seule survivante de la collection Bernstein. Les nazis ont tout pris.

Le galeriste te tend une loupe.

— J'ai attendu toutes ces années, avant de la mettre en vente. Au cas où monsieur Bernstein reviendrait.

Tu braques la loupe sur le P de Paul.

— L'avez-vous connu ? demande le galeriste.

— Oui.

— Ah…

— Nos chemins se sont croisés, brièvement. À l'étranger.

— C'était un homme charmant, dit le galeriste. Et un fin amateur…

Le verre grossissant donne au dessin une allure grotesque, presque caricaturale.

— Si cette pièce vous intéresse, je vous en certifierai bien sûr la provenance.

Tu poses la loupe et te lèves.

— Je vais y réfléchir, merci, arrives-tu à bredouiller, te retenant de quitter trop brusquement la boutique.

*

À la maison, Laurence te fait un café. Elle s'assied à tes côtés sur le grand canapé du salon. Tu lui prends la main.

— Et si nous partions vivre à la campagne ? lui dis-tu doucement.

Elle ne daigne même pas te répondre. Tu tournes ta cuillère dans la tasse.

— Nous aurions un grand labrador.

Le dernier procès, à Gdansk, a pris fin il y a plusieurs mois. Tu avais cessé d'en suivre le déroulement bien avant cela, soulagé que personne ne t'ait contacté pour obtenir de toi un témoignage, une déposition. Ou pire, te convoquer au tribunal.

Qu'aurais-tu dit pour ta défense ?

*

C'est Laurence qui a rouvert le dossier, au petit-déjeuner. Elle a attendu le moment du café. Tu avais préparé des omelettes et toasté du pain. Dès que tu as fini la dernière tartine, elle a poussé ton assiette vers le milieu de la table et posé le journal à plat sur la nappe, sans rien dire. Ni pointer du doigt ce qu'elle voulait que tu lises.

Tu l'as parcouru en un survol rapide. C'était la page "Actualité-Société". Tu as sauté d'un titre gras à l'autre. Citations à l'ordre de la nation d'André Leveuf, Roger Ladevèze… Angers :

actes de malveillance… Alsace : inauguration d'un mémorial juif.

Les restes de plusieurs victimes du Struthof enterrées au cimetière municipal de Strasbourg seront transférés aujourd'hui au cimetière juif de Cronenbourg. Ces restes, qui proviennent de l'institut d'anatomie de la ville, seraient ceux de personnes destinées à former, sur ordre de Himmler, une collection de squelettes. L'approche des alliés fut si rapide que les nazis n'eurent pas le temps de faire disparaître toutes les traces de leurs exactions.

Tu as lu à haute voix. Laurence t'a écouté, gardant un silence dont tu as senti la froideur sur ta nuque. Tu n'as pas osé lever les yeux vers elle.

Comment ont-ils découvert ça ? t'es-tu demandé, penché sur l'article. Cette histoire de squelettes… Et ces restes ? Comment peuvent-ils être certains que ce soient ceux de… de…

Tu as refermé le journal et tu t'es resservi du café.

*

Laurence t'a emmené aux Tuileries. “Pour te changer les idées”, a-t-elle dit.

Vous avez acheté des esquimaux vanille à la buvette près du manège à chevaux de bois, et vous êtes allés vous asseoir sur les chaises en fer disposées autour du grand bassin. Vous avez regardé les bambins pousser des bateaux à voiles vers les jets de la fontaine. Et les jeunes mamans fièrement agrippées aux guidons des poussettes. Le piaillement incessant des oiseaux et des enfants t'a détendu, à la longue. Mais pas "changé les idées".

Et puis Laurence t'a entraîné au bout des jardins, jusqu'à l'Orangerie. L'exposition du moment s'intitulait "Chefs-d'œuvre du musée de Cologne". L'affiche collée à l'entrée était illustrée d'une icône représentant une Madone à l'enfant entourée d'angelots et de roses. La facture en était si fine qu'on l'aurait dite peinte sur porcelaine. Il s'en dégageait une immense tendresse, aimante, pas du tout bigote. Vous n'êtes pas entrés voir l'exposition. Tu as prétexté qu'il faisait trop beau pour aller s'enfermer dans les salles d'un musée. Laurence a dû croire que c'était à cause de Cologne. De l'Allemagne. Elle ne s'est doutée à aucun moment que ta réticence venait de la Madone sur l'affiche, si douce, si sereine.

Vous avez parcouru les Tuileries en sens inverse, jusqu'au carrousel du Louvre. Laurence s'est appuyée à ton bras. Chaque fois qu'elle le fait, tu revois Bernstein soutenant la femme qui vacillait sur ses jambes. Et comment il avait étiré les lèvres en un sourire presque aussi ténu que celui de la Madone sur l'affiche. Un sourire qui t'avait paru alors si énorme et formidable qu'il avait illuminé tout le camp, tel un rayon de soleil perçant les nuées sombres d'un ciel d'hiver.

Sur les vitres du Paris-Strasbourg qui fonce à travers la campagne, tu regardes défiler à toute allure des images du camp, de la clinique, de tes rêves d'alors. Les chevaliers et les princes, qui t'avaient aidé à traverser les moments les plus durs, ne te sont plus aujourd'hui d'aucun secours. C'est comme s'ils avaient déposé les armes. Et le géant te boude. Il t'arrive de le filer à son insu parmi les ruelles de la Ville sainte. Sans le talonner. Lui fait mine de ne pas te voir. Il est pourtant clair qu'il sent ta présence. Si tu le serres de trop près, il se fond aussitôt dans la pierre des murailles. Et Jérusalem s'évapore en mille gouttelettes d'or que disperse le vent.

Au fur et à mesure que le train progresse, ta gorge se serre. À l'approche des Vosges, les arbres se font plus hauts et plus feuillus. Et la futaie plus dense. Le ciel prend une teinte argentée. Il est d'un bleu froid qui te transit. Tu retrouves soudain la luminosité crue dans laquelle baignait la carrière grise et sans ombre. Et cela te fait peur.

Tu ne regrettes pourtant pas ta décision.

Tu vogues à la dérive depuis des mois. Et voici que cette stèle sur laquelle aller te recueillir t'offre un point d'amarre. Ce ne sont pas tant les morts que tu vas retrouver là-bas que le monde des vivants que tu tentes de rejoindre. Tu aurais aimé être présent à la cérémonie, vêtu de gris, un brassard de velours noir sur la manche. Tu te serais tenu un peu en retrait, derrière le préfet et les notables. Tu n'aurais pas écouté les discours, ni scruté l'assistance à la recherche d'anciens du camp. Tu ne tiens pas à les revoir. Et tu n'iras pas non plus au Struthof. C'est hors de question.

Tu te demandes si l'événement a été solennel ou intime. Pompeux ou sobre. Faisait-il beau ce jour-là ? Peut-être pleuvait-il. Comment a-t-on procédé à l'inhumation des restes ? Les a-t-on placés dans des coffrets, telles des reliques ? Ou sous scellés comme pour des pièces à conviction ? Incriminantes. Gênantes. Tu es sans doute le seul qu'elles disculpent. Car tu étais présent, toi, cette nuit-là, aux côtés de ceux qui allaient périr. Alors que le reste de l'humanité s'était absentée. Occupée qu'elle était ailleurs. Tu t'étais attardé un moment. Et tu avais parlé à Bernstein, en toute civilité.

Est-ce lui que tu viens chercher ici, en Alsace ? Ou ce que tu y as laissé de toi ?

Le reflet de ton visage se dessine sur la vitre, ridé par les sillons des champs, les poteaux électriques qui raturent la campagne, les vols d'oiseaux qui éraflent le ciel gris. Tu plisses les yeux pour te concentrer sur l'image réfléchie de ta figure qui se fait de plus en plus nette avec l'assombrissement du ciel.

De plus en plus distincte.

*

Lorsque le train s'arrête en gare, tu te dépêches d'en descendre, te laissant entraîner par les gens qui se ruent vers la sortie. Leurs pas précipités résonnent sous la toiture de verre aussi lourdement que le martèlement de centaines de pics sur du granit. Avec la même cadence.

Tu as pris un hôtel sur les bords de l'Ill. Avant de t'y rendre, tu manges un hot-dog en ville puis vas visiter la cathédrale, y traînant longuement parmi les chapelles, les autels, les fonts baptismaux, t'arrêtant devant la grande scène sculptée du mont des Oliviers, sentant partout la présence débonnaire du géant. Qui ne se montre pas.

Pas plus que tes fantômes, cette nuit-là.

Tôt le lendemain matin, tu prends un taxi pour te rendre au cimetière juif de Cronenbourg. Le trajet est si bref que tu n'as pas le temps de te donner une contenance. Tu restes planté un bon moment sur le trottoir, n'éprouvant aucun émoi. Désenchanté par ce que tu aperçois de l'autre côté du portail. Tu t'étais imaginé un cimetière parsemé de cyprès, perché en haut d'une colline. Pas ce terrain tout plat, aux allées de gravier gris, entouré de bâtisses de banlieue. D'où ne s'élève aucun arbre.

Dominant les rangées de tombes, une construction en arc de cercle te décide à entrer malgré tout. De ses bras de béton, elle enlace une esplanade pouvant accueillir quelques dizaines de personnes. Austère et laide, elle évoque la froideur et la nudité de ce qu'elle commémore. Et notre impotence.

Tu fais l'effort d'avancer, te dirigeant vers ce monument dont la mocheté te révolte. Il ne convient en rien à l'atrocité de ce que tu as souffert. Ni à ce que tu ressens désormais. Ceux qui l'ont bâti ont choisi d'utiliser du mortier, des pierres concassées, comme pour n'importe quel édifice funéraire. Pas le bois rugueux des baraquements, des lits de planches, des potences. Pas le fer tordu, rouillé, des grilles et des barbelés. Et puis, que veut dire cette absence de couleurs ?

En t'approchant, tu constates qu'il s'agit là d'un mémorial de la déportation "en général", dédié À NOS MARTYRS. Les piliers sont burinés de centaines de noms, pour la plupart des membres de la communauté juive de Strasbourg et des environs ayant péri dans les ghettos et les camps. Tu es soulagé de ne pas y découvrir celui de Bernstein. Noyé dans la masse.

C'est un peu plus loin, à l'écart, que tu trouves la stèle des squelettes. Un rectangle de granit brun gravé d'une inscription, *Ci-gisent les corps de Juifs hommes et femmes…*, sous laquelle ne figure aucun nom. Toi-même, tu ne te souviens que d'un.

Tu le murmures, pour toute prière. Une seule fois. Laissant les syllabes s'envoler aussitôt telles des cendres que l'on disperse dans la brise.

*

Tu entends des pas crisser sur le gravier et te retournes. Le gardien du cimetière, un petit vieux à barbe grise, s'approche de toi et te tend une calotte.

— Il faut se couvrir la tête, monsieur.

Tu coiffes la calotte mais le gardien ne s'en va pas. Il reste tout près, un peu en arrière, discret, suspicieux.

— J'ai connu l'un d'eux, lui dis-tu, regrettant aussitôt cet aveu.

— Avant la guerre ?

— Non, là-bas. Au camp…

Le gardien désigne la stèle.

— Alors, vous savez…

— Qu'ils ont été gazés. Et qu'après… euh…

— Attendez-moi un instant, je reviens.

Et le petit vieux détale parmi les allées, disparaissant derrière un mausolée de style baroque dont les stucs s'effritent en de pâles lamelles, aussi fines que des ailes d'insecte. Tu te retournes vers la stèle. Tu t'obliges à la fixer du regard, à invoquer des images, revoir des visages. Tu tiens à faire acte de présence. Toi qui t'es si souvent défilé. Réfugié dans des excuses. Abrité dans des ailleurs. N'est-ce pas pour cela que tu es venu ? Pour comparaître enfin.

Et lever la contumace.

*

— Voilà, voilà, j'arrive.

Le gardien réapparaît, trottant parmi les tombes, et te donne un bout de papier où sont inscrits un nom et une adresse.

— Allez là-bas.

L'adresse est celle de l'institut de médecine légale, à Strasbourg.

— Mon cousin y travaille, dit le gardien. Dites-lui que vous venez de ma part.

— Je vous remercie, mais…

Le gardien ne te laisse pas finir ta phrase.

— En vous voyant j'ai tout de suite compris. Votre chagrin, votre déchirement. J'ai l'habitude, vous savez. Vous êtes de ceux qui n'arrivent pas à enterrer leurs morts.

À l'institut, il te faut demander plusieurs fois ton chemin aux gens que tu croises dans les escaliers, les corridors, avant de trouver la pièce exiguë faisant office de bureau pour le cousin du gardien du cimetière juif. Tu frappes à la porte, une bonne dizaine de coups. Aucune réponse. Alors tu tournes la poignée, découvrant un débarras mal éclairé, encombré d'un bric-à-brac de bocaux et de fioles, de rouleaux de papier transparent, de bidons étiquetés, de classeurs à anneaux. Tu t'assieds sur une chaise de bois. Et tu attends.

Tu n'es pas trop sûr de ce que tu escomptes de cette visite. Un bouclage ? Une manière de pardon ? Pas question de repartir, pourtant. Tu restes cloué sur ta chaise. Tu t'y agrippes, resserrant les doigts sur la bordure rugueuse du siège. Car tu sens sourdre en toi une drôle d'énergie qui te gonfle les muscles et fait palpiter ton cœur.

Une ardeur qui t'est vaguement familière.

*

Lorsque la porte s'ouvre enfin, un petit bonhomme en blouse grise surgit dans le faisceau de lumière pâle qui vient du couloir. Il réprime un sursaut. Tu ne le rassures pas tout de suite sur le motif de ta présence. Cela t'amuse de jouer les fantômes, toi dont l'âme est hantée de tant d'ombres et de spectres. Mais le petit bonhomme surmonte vite sa peur. Il vit parmi les morts, tout comme son cousin, si ce n'est que les siens ne gisent pas sous terre mais dans les tiroirs de la morgue.

— Venez, je vais vous montrer mes collections, dit-il aussitôt les présentations terminées.

Il attrape un trousseau de clef accroché à un clou et te conduit vers les escaliers, jusqu'aux caves. En chemin, il t'explique comment l'équipe de Hirt, prise de panique à l'approche fulgurante des forces alliées, a bâclé le travail, ne sachant comment se débarrasser de toutes les pièces compromettantes.

— Ils ont décapité des cadavres, tranché des bras sur lesquels étaient tatoués des matricules, haché des membres, broyé des crânes, dans la pagaille la plus totale. Ils ont laissé un fouillis incroyable. Les quelques restes découverts lors de la libération ont été inhumés à la hâte, comme si les alliés aussi tenaient à les faire disparaître. Le temps manquait, il est vrai, pour investiguer.

Arrivé tout en bas des marches, le petit bonhomme agite son trousseau de clefs et se dirige vers une porte en fer.

— Depuis, on a retrouvé pas mal de boîtes et de bocaux abandonnés par les nazis dans les sous-sols de la faculté d'anatomie.

Il décadenasse la porte, poussant le lourd battant.

— Tout est entreposé ici. Parmi des tas de vieilleries. Il n'y a que moi qui vienne parfois, pour passer un coup de plumeau. Personne n'y met les pieds.

Il se tourne vers toi.

— Tout le monde a honte, voyez-vous ?

Toi, tu ne devrais pas avoir honte. Tu es de l'autre bord. Celui des victimes. Que toute cette componction de l'après-guerre écœure. Que ce repentir après coup indigne. Et pourtant, tu te trouves aussi méprisable que les autres, les collabos et ceux qui n'ont "rien fait". Outré que tu es de ton propre silence.

Tu te souviens maintenant d'où tu connais cette sensation brûlante qui te remonte des tripes. C'est de la rogne. Tu la sens couver en toi. Tu en es ravi. Cela fait tant d'années que tu ne t'es pas mis en colère.

Ton cicérone abaisse le levier d'un interrupteur. Une rangée d'ampoules nues s'allume. Tu as du mal à distinguer jusqu'où se prolongent les étagères métalliques qui s'enfoncent dans l'obscurité.

— Vous êtes le premier survivant du camp qui vienne au cimetière. C'est pour ça que mon cousin vous a envoyé ici.

— Il a bien fait, dis-tu.
— C'est par là.
Le petit bonhomme te guide jusqu'à l'une des étagères.
— Je peux ? demandes-tu.
— Je vous en prie.

*

Dans une chemise à rabats, tu trouves quelques feuilles défroissées, recollées par endroits. Elles sont remplies de dates et de notes consignées au crayon en lignes ordonnées de cahier d'écolier. Tu identifies avec un certain effroi l'écriture fine et serrée de Hans. Il s'agit d'une liste de patients, avec la date d'arrivée et celle de "fin d'hospitalisation". Tu parcours ensuite quelques calepins d'infirmerie, quelques comptes rendus administratifs, soulagé de n'y voir apparaître ni ton nom ni ton matricule.

Plusieurs boîtes contiennent des ustensiles médicaux, entassés en vrac. Des scalpels aux lames rouillées, des pinces, des aiguilles, des sondes, des clystères. Tu tombes sur un sac de toile empli de blouses blanches, propres pour la plupart, et bien pliées. Parmi elles, deux sont chiffonnées, tachées de rouge et de jaune. Dans un carton estampillé d'un caducée, tu découvres plusieurs ossements enroulés dans un morceau de tissu. Poncés et blanchis, ils portent chacun une référence inscrite à l'encre. L'un d'eux est attaché par une mince ficelle à une photo écornée, grattée, traversée de pliures. Un portrait anthropométrique, de face et de profil, dont tu reconnais aussitôt les traits élégants, le regard altier.

Tu laisses le paysage glisser le long de la vitre, sans tenter de le retenir. Comptant bien ne jamais le revoir.

Le reflet de ton visage t'apparaît, comme à l'aller, lorsque tu essuies la buée qui recouvre la fenêtre. Il semble serein. Alors que tu ne l'es pas du tout. Tu es énervé, exaspéré, fâché. Tu fulmines. Cette stèle, ce mémorial, ces archives censés calmer ton angoisse, t'offrir des repères, t'ont rendu furieux. Porter le deuil, quarante jours ou quarante ans ? Pas question ! Ni d'abandonner toute cette horreur à l'histoire.

Tu sens le feu de la contestation se rallumer en toi. Celui des bagarres avec la police. Des grèves. Celui, si ardent, de ta jeunesse. Dont toutes ces années passées dans les empires de l'ordre établi, aussi bien au camp qu'après, t'ont privé. Celui de la lutte contre les bourgeois tels que Bernstein qui poussent l'obsession de la propriété privée jusqu'à acquérir une concession à perpétuité.

Tu ignores ce qui te dégoûte le plus, en fin de compte. La carrière de granit ou le cimetière aux allées ratissées, les listes des patients de la clinique morts pour rien ou celles des morts pour la France, les fosses communes en pleine forêt ou les sépultures baroques qui s'effritent et se lézardent, faute de visiteurs. Toi achevant des moribonds ou toi causant avec ce Bernstein, comme si de rien, alors qu'il allait être gazé juste après.

Mais cette conversation, c'était un combat, non ? Envers et contre tout. Un acte de résistance. Que vous accomplissiez ensemble. D'un commun accord.

Et que vous allez mener jusqu'au bout, ensemble.

*

L'entrée en gare de l'Est se fait en douceur. Tu te lèves, attrapes la poignée de ton sac de voyage et quittes ton visage sur la vitre, lui adressant un bref salut du menton.

Tu remontes la rue Delambre jusqu'au coin avec la rue du Montparnasse. Tu traverses le carrefour, arrivant au cimetière par l'entrée qui donne sur le boulevard Edgar-Quinet. Tu marches d'un pas vif, consultant sans cesse ta montre. Tu es en retard.

Tu as mal dormi.

Au bout de l'avenue principale, des hommes calottés t'attendent. Ils te regardent avec un dédain qu'ils ne cherchent aucunement à dissimuler. L'un d'eux a revêtu un châle de prière. Tu t'avances vers la fosse qu'ils ont creusée. Un vieillard entonne une sorte de cantique, tandis que l'homme au châle tend ses mains vers toi pour recevoir le coffret que tu as apporté. Et que tu tiens sous ton bras. Au moment où tu le lui confies, ses compères se mettent à chanter à l'unisson. Avec un entrain, presque allègre, qui te surprend. Tu fais mine d'écouter. De te recueillir. Tout en scrutant les rangées de tombes. Tu crois avoir vu quelqu'un circuler parmi les stèles.

Descendu dans la fosse, un garçon en salopette de travail attend patiemment la fin des prières. Un fervent “amen”, hurlé vers le ciel, les ponctue. L’homme au châle se penche, tenant le coffret à bout de bras. Le garçon en salopette s’en empare et le dépose à même le sol boueux. Lorsqu’il remonte, tu jettes vite une poignée de terre sur le coffret, avant que le fossoyeur ne l’ensevelisse. Une fois le trou recouvert, les hommes récitent le kaddish. Puis, t’ayant serré la main sans mot dire, ils te quittent, se faufilant d’un pas pressé parmi les allées.

Non loin de la sortie, tu les vois croiser un énorme gaillard qui, jailli de derrière une grande stèle, te salue de loin, avant de s’en aller à son tour et de disparaître dans le dédale de pierre, happé par la lumière blanche.

Une toile cubiste est exposée dans la vitrine.

— Bonjour, l'aquarelle de Gontcharova a-t-elle été vendue ? demandes-tu, tenant entrouverte la porte de la galerie.

— Pardon ?

— Celle qui provenait de la collection Bernstein…

— Non, non. Elle est à la remise. Voulez-vous que j'aille la chercher ?

NOTE

Le 2 août 1943, quatre-vingt-six personnes en provenance d'Auschwitz furent livrées vivantes au camp du Struthof suite à une requête du Pr. August Hirt ayant trait à la constitution d'une collection de squelettes pour ses recherches. La liste nominative des victimes figurant aux pages 95-96 a été établie par le journaliste Hans-Joachim Lang, auteur de l'ouvrage *Die Namen der nummern*, Hoffmann und Campe, 2004.

OUVRAGE RÉALISÉ
PAR L'ATELIER GRAPHIQUE ACTES SUD
REPRODUIT ET ACHEVÉ D'IMPRIMER
EN FÉVRIER 2022
PAR NORMANDIE ROTO IMPRESSION S.A.S.
À LONRAI
POUR LE COMPTE DES ÉDITIONS
ACTES SUD
LE MÉJAN
PLACE NINA-BERBEROVA
13200 ARLES

DÉPÔT LÉGAL
1re ÉDITION : MARS 2022
N° impr. : 2107275
(Imprimé en France)